今さら後悔しても知りません

婚約者は浮気相手に夢中なようなので消えてさしあげます

コッペリア
王太子と婚約している
公爵令嬢。
厳しい王太子妃教育に
長年耐えてきた。
謎の老婆
コッペリアに
薬を渡した怪しい魔女。
その正体は――!?
Characters

登場人物紹介

アレン
ブルマン王国王太子。
コッペリアの婚約者で
プライドが高い。
シュタナー
コッペリアのことを
案じている神官長。
マリア
アレンと浮気している
男爵令嬢。
自己中心的な
考え方の持ち主。
バレルエージ
聡明で頭の切れる
ブルマン王国第二王子。
ゼフィルス
オナシス侯爵令息。
侯爵家の嫡男として
厳しく育てられた。

第一章　消えてあげようと思います

頭からすっぽりと被った黒いローブの下、老婆の眼差しが剣呑《けんのん》なものを帯びる。

「今、なんと言ったんだい？」

昼間だというのに薄暗い店内は、希少な結界石や護符、魔道具が雑多に置かれた棚が並んでいた。

私――コッペリア・マルドークは彼女の迫力に気圧《けお》されながらも答える。

「ですから、苦しまずに旅立てる薬がほしいのです」

老婆が呆れたようにため息をついた。

「それは誰に飲ませるんだい？」

「違います。飲むのは私です」

「理由を知りたいね。どうしてそんな馬鹿な考えに至ったのさね」

なぜそんなことを聞くのだろう。まさか気に入らない答えだったら薬を作ってもらえないのだろうか。もしそうならば、嘘をついてでも老婆が納得してくれるような答えを捻りださないと。

「答えたら薬を作ってもらえますか？」

緊張で口が渇き、弱々しい声が出た。

対して老婆は軽く首を横に振る。

「内容によるさね。だからって嘘はいけないよ」

先ほど考えていたことを言い当てられ、身体が強張《こわば》る。

「……わかりました。正直にお話しします。自己紹介が遅くなり申し訳ありません。私はマルドーク公爵家の長女コッペリアと申します」

上級貴族が平民街に現れることなど滅多にない。

もちろん私も、こうしてひとりで平民街に来たのは初めてだった。昼間とはいえ、若い女性の姿は目立つし、令嬢だとばれたら人さらいに遭ってもおかしくないだろう。

だが、その危険を冒してでも私はここに来たかった。

「ほお、公爵令嬢ねえ……。その所作は上級貴族じゃないと出せないものさね。それで、どうして公爵令嬢が供も連れずにこんなところに来たんだい？」

まるで気遣ってくれているような声音《こわね》に、少しだけ緊張がほぐれる。

「私がここへ来たのは、長年の婚約者が心変わりをしたからです」

「穏やかじゃないね」

老婆の相槌は素っ気ないものの、どこか宥《なだ》めるようなものが含まれていた。

「私が彼と婚約したのは五歳のときになります」

このブルマン王国の王太子アレンとの婚約が決まったときからずっと努力していた。

初めて彼に会ったとき、女の子かと思った。それくらい可愛かったのだ。

金髪ときれいな青い瞳に加えて、同じ五歳だというのにすでに秀麗な顔立ちをしていて、とても魅力的だと思った。

『お前が婚約者だと聞いた』

『はい。よろしくお願いいたします』

事前に教えられた通りに答えると、とても無邪気な笑顔が返ってきた。

『そういうのはいいから、遊ぼう』

王族にしては重みがない態度だったかもしれない。

けれど、そのまぶしい笑みに私は魅かれた。

そして、アレンの手助けができるのなら、と礼儀作法、歴史や語学など厳しい王太子妃教育に一生懸命取り組んだ。

そして、七歳でブルマン王国の歴史をひと通り覚えた私に、アレンは感心してくれた。

『すごいな。俺にはできそうにない』

『たいしたことじゃないです』

少し照れながらもそう答えた。あなたの隣に立てるなら、どんなことだってやってみせると本気で思っていたのだ。

そう、あの日までは。

『あんな堅苦しい女性は苦手だ。もし許されるのであれば、君を王太子妃にしたかった』

その声は、王立学園の空き教室から聞こえた。おそらく誰もいないと思ったのだろう、アレンの声はよく響き、廊下にいた私の耳にしっかり聞こえる。

『まあ、アレンったら』

その媚びるような女性の声には聞き覚えがあった。

——マリア・ダグラス男爵令嬢。

濡れ羽色の黒髪に、琥珀色の瞳の彼女は常に可愛らしい雰囲気を醸し出していて、入学したころから人気があった。アレンとも親しいようで、学園でよく一緒にいるところを見かけている。

だが、卒業まであと半年と迫っていて、そこまで心配はしていなかった。

『いや本当だ。コッペリアといると冗談も口にできない。君と話しているほうがずっと気が楽だ』

たしかにアレンと話す内容は公務のことが多い。しかし、それは彼の代わりに仕事をしているからで、彼も納得していると思っていた。

うつむく私を嘲笑うかのように会話が続いていく。

『ありがとう。でも、やっぱりアレンは彼女を選ぶのよね』

『仕方がないんだよ。これは決められたことなんだから。でも……』

その先は声が小さくなったため、アレンが何を言ったのかわからない。すると、すぐにダグラス男爵令嬢の興奮した声が聞こえてきた。

『えっ、いいの!?』

『いいんだ。あんな女の子どもなんて興味がない』

(まさか自分たちの子どもを――?)

思わず扉に手をかけたとき、追い打ちをかけるようにアレンの声が聞こえた。

『それに、あんな難しい公務はコッペリアに任せてしまおうと思うんだ』

『まあ、素敵ね。そうしたらアレンとずっと一緒にいられるわ!!』

アレンたちは自分たちが正しいと思っているようで、彼らの声はどこまでも明るかった。

『コッペリアはああいったことが好きなようだからな』

『そうね。彼女にはお似合いだわ』

そんな言葉を聞いて私は中へ入ることができなかった。


翌日。生徒会の書記を務める私は、生徒会室で役員たちと書類を片付けていた。生徒会の活動内容は、各委員会の報告書をまとめたり、各部活動における予算の管理など多岐にわたる。

ショッキングな会話を聞いてしまった次の日だからか、少しぼうっとしていたようで、副会長のゼフィルス・オナシス侯爵令息に書類の計算違いを指摘されてしまった。

『マルドーク公爵令嬢、この計算が違っているが』

宰相の父親を持つオナシス侯爵令息は銀髪に紺色の瞳をしていて、王立学園の中でも秀才として名が通っている。そして、将来彼がアレンの側近になることは決定事項だと言われていた。

少し冷たさを感じる美貌を持つ彼がアレンと並ぶと、ふたりの美しさとその色彩の対比が相まってとても絵になる、と女子生徒の間でもっぱらの噂らしい。

最近、アレンと一緒にいないようなので、女子生徒たちは残念そうにしているが。

『ごめんなさい。すぐに直します』

私は謝罪の言葉とともに、書類を受け取る。

『ったく。アレンの奴、何をしているんだ？　あーあ、少なくとも、あとひとりは手伝いがほしいな』

会計のマシュー・ルクス伯爵令息がそうぼやきながら書類を叩く。彼は茶髪に緑の瞳を持ち、父親は第二騎士団長を務めている。

また、もうひとりの生徒会役員である、庶務のテルム・ハイランド侯爵令息は、ホウキ同好会との話し合いのため、席を外していた。

『ああ。最近アレンはさぼりすぎじゃないか。マルドーク公爵令嬢は何か知らないか？』

書類をさばきながらオナシス侯爵令息がこちらを見た。

ちなみに、王族を名で呼ぶと不敬罪に問われることもあるが、生徒会活動に支障が出るという理由で、生徒会の男性役員は特別に許可されていた。アレンの様子を見る限り、単に友人がほしかったようだが。

私はオナシス侯爵令息の問いに首を横に振って答える。

『いえ、特には何も』

私がそう答えるとルクス伯爵令息が微妙な顔をした。

生徒会長を務めるアレンはこのところ生徒会室に顔を出さないので、名ばかりの会長となっていた。用があるらしいが、ダグラス男爵令嬢と一緒にいるところを目撃される回数が減らないので、なんとなく察しはつく。

とはいえ、王族である彼に直接指摘しようとする者はいない。もちろん私も何も言えなかった。

それからしばらくして、王太子妃教育の時間が迫っていることに気づいた私は断りを入れる。

『申し訳ありません。そろそろ王宮にて授業の時間なので失礼いたします』

『ああ。わかった』

『大変だな。がんばれよ』

昇降口に向かっている途中、連絡事項を思い出す。引き返して扉に手をかけたそのとき、中からルクス伯爵令息の声が聞こえてきた。

『アレンも酷なことをするよな』

少し間を置いてオナシス侯爵令息の声がする。

『あの女遊びはいつ終わるんだ？』

『さあな。ダグラス男爵令嬢だったか。ずいぶんと彼女に入れ込んでいるようだったが、本当にあの女が将来の王妃なのか？』

まるで次の王太子妃はダグラス男爵令嬢だとでも言っているようだった。

厳しい王太子妃教育に耐え、アレンの代わりに引き受けた仕事で疲弊し、ダグラス男爵令嬢との関係に心を痛めながらも、ずっと我慢してきたのだ。アレンはわかってくれなくても、周りの人はこの努力を認めてくれていると思っていたから、なんとかやってこられた。

しかし、現実は残酷だった。

彼らにまでそんなふうに思われていたと知り、目の前が真っ暗になる。

『おい』

『あ、ごめん。油断しすぎた』

オナシス侯爵令息の咎に、ルクス伯爵令息が慌てたように言葉を返す声が聞こえたが、もうどうでもよくなった。

気がついたら公爵家の自室にいて、寝台の上でひとりぼうっとしていた。

ふと、ある会話がよみがえる。廊下の曲がり角から聞こえた侍女たちの話だ。

『なんでも願いを叶えてくれる薬を売るお店があるんですって』

『え？　何それ、聞いたことないけれど？』

『眉唾《まゆつば》ものじゃないの？』

『違うわよ。どうしても叶えたい願いがある人だけ行ける魔法がかかったお店なんですって』

『何よ。それ。やっぱり眉唾《まゆつば》……』

『だから違うって!!　あたしの従姉妹《いとこ》の友達がそこへ行ったことがあって！　そのお店への行き方も聞いたのよ』

『どういうこと？』

『その友達ってね、男運が悪くてどうしようもない相手ばかり言い寄ってくるらしいの。だから従《い》姉妹《とこ》が追い払ってたみたいなんだけど。その友達は従姉妹《いとこ》の目も欺くクズ男と結婚しちゃったみたいなのよ』

『何よ。それ』

『浮気相手が何人もいることを知った彼女は体調を崩しちゃって……。そんなときにお店の噂を聞いたらしいの。半信半疑のまま、お店の人に話を聞いてもらえたらいいなってくらいだったんだけど、そうしたら……』

そこから声が小さくなり、私はさらに耳を澄ませた。

彼女の話を要約すると、こうだった。

表に黒猫の置物がある店に入ると、中にいた老婆が話を聞いてくれ、夫にこっそり飲ませるように、と薬の瓶を渡してくれた。後日、薬を飲んだ夫はこれまでの浮気のことと、妻への愛情など欠片《かけら》もないことを皆の前で話し出した。

結果、友人は慰謝料をもらって離婚し、現在は実家で商いの手伝いをしているという。

『それでどうすればそのお店へ行けるの？』

『あら、さっきとずいぶん態度が違うじゃない。いいわ。教えてあげる。平民街のセリーヌさんの帽子屋の角を曲がって、三本目の路地に入るんだけど、あとは本人次第みたいよ』

『やっぱり眉唾《まゆつば》……』

『だから違うって!!　だから本当に思いつめた人じゃないと見つけられないみたいよ。冷やかしで探した人たちがいたみたいだけど、何もわからなかったみたい』

そうして私は噂話を頼りにここへ辿り着いたのだった。

語り終えて軽く息を吐く。一気に話したせいか、少し息苦しさを感じた。これくらいで疲れるなんて、と考えていると、老婆が先ほどより穏やかな口調で聞いてくる。

「……ひとつ聞くが、あんたは昨日何時に休んだかね？」

「寝てません」

今日のことを考えると目が冴えて、とてもではないが眠れなかった。

（でも、こういうのには慣れているから大丈夫よね）

「ではその前の日は？」

なぜか真剣な声で老婆が聞いてきた。

不思議に思いつつも、正直にここ最近の寝た時刻と起きた時刻を答えると、老婆が大声を上げる。

「あー、もう!! なんだいその短すぎる睡眠時間は!! 若い娘のすることじゃないだろう!! 周りの人は誰もあんたに注意しなかったのかい？」

どうして老婆がこんなに怒っているのかまったくわからなかった。周りの人と言っても公爵令嬢の自分に注意できるのは父くらいで、その父も多忙で顔を合わせることはほとんどない。

母は私を産んだあと、体調を崩し、別邸にこもりきりで滅多に会うことはない。年に数回手紙を交わすが、母から会いに来ることはなく、私も王太子妃教育が厳しくなるにつれて訪れなくなってしまった。

老婆の勢いにやや押されてうなずくと、彼女は諦観《ていかん》したようにつぶやく。

「……お貴族様ってのはどこでもそうなのかね。はあ、ちょっと待っときな」

そう告げて、店の奥へ消えた。そして、しばらくしてから戻ってきた老婆に小瓶を渡される。

「今のあんたにぴったりな身体が休まる薬だよ。ん？　毒じゃないのかって？　まあ、似たようなものだね。これを飲んだらあんたは眠る」

私はほっとして息をつく。

もう何も見たくなかった。

心変わりした婚約者も、こちらを見下すような彼の浮気相手の眼差しも。

「ただし、目覚めるには条件がある。それを満たすのは並大抵のことじゃできないよ。下手をすれば永遠に眠ることになる。それでもいいのかい？」

老婆はフードを深く被っているため、どんな表情をしているのかはっきりとはわからない。だが、中途半端な気持ちならやめるべきだという強い意志が伝わってくる。

――永遠に眠る。

そう聞いても、かまわないとしか思えなかった。私は深くうなずき、老婆に礼を言って代金を払う。そして、なんとか誰にもばれずに公爵邸の自室へ戻ったのだった。

「これでもう苦しまずにすむのね」

私は小瓶を鏡台へ置く。室内は公爵令嬢にふさわしく、手の込んだ装飾が施された家具がバランス良く配置されていて、塵ひとつない。

（今の私にこんな部屋はふさわしくない）

整えられた室内が空々しく映った。

（アレンと結婚して、公務を肩代わりして、でも彼の愛情は別の女性にあって……。私の役割って……？）

そこまで考えて私は首を横に振った。

（私にはできない）

最初からアレンになんの感情も抱いていなかったなら、できたかもしれない。

鏡台の上に置いた小瓶を手に取る。

黒くつやつやしたその表面をなぞっていると、ダグラス男爵令嬢の黒髪を思い出した。彼女の笑い声が聞こえたような気がして、首を左右に振って追い払う。

蓋を開けると、薬品独特のきつい匂いが広がった。

（これで――）

私は小瓶の液体を飲み干した。

第二章　ゼフィルス・オナシス侯爵令息

ブルマン王国は西をブリッジ山脈、東から南はシメス河にぐるりと囲まれており、その恵まれた地形のおかげで、戦争がこの数十年間起きていない。

北にはコピ高原が広がり、その先にはリンセ国がある。数十年前の戦争で勝利したブルマン王国は国境線を有利に決め、対外的にはかなり優勢な状況にあって……

そこまで考えて、俺――ゼフィルス・オナシスは顔を上げた。

机上に広げた歴史書は何回も読み、ほとんど暗記している。

黄ばんだ書物が収められた本棚がいくつも並ぶ図書室は、ほかの侯爵家と比べてもなかなかの蔵書数だと思う。幼少のころからここに入り浸っていた俺はすべて読破していた。

……まさかこんなことになるとは。どうしてあんなことをしてしまったのか。

マシューと学園内で揉めた俺は現在、三日間の自宅謹慎中だった。

『愚かだな。恋に憂き身をやつした男は何をしでかすかわからん、というのは本当だったか』と、先ほどの父上の言葉を思い出してしまう。

いつも通りの生徒会活動のはずだった。アレンもおらず、マルドーク公爵令嬢が帰って、気がゆるんでいたのだろう。

『ダグラス男爵令嬢だったか。ずいぶんと彼女に入れ込んでいるようだったが、本当にあの女が将来の王妃なのか？』

マシューがそう言ったとき、廊下から小さく息を呑む気配がした。この気配はまさか。

『おい』

『あ、ごめん。油断しすぎた』

マシューもすぐに気づいたようで、決まり悪げな顔になる。

俺は慌てて扉のほうへ駆け寄ったが、廊下に出たときにはすでに遅かった。足早に去っていく彼女の後ろ姿を見るだけで、何もできなかったのだ。

『悪い。まさかいるとは思わなくてさ』

まるでそこにいた彼女のほうが悪い、とでもいうような言い方に、思わずマシューの胸ぐらを掴んだ。

『言っていいことと悪いことがあるぞ』

『わ、悪い』

マシューの謝罪を聞き、ハッと我に返った俺は自分の想いに気づいた。いや、気づいてしまった。

まさか俺は……彼女のことを。

そこで話が終わればよかったのだろう。だが、まずいことにそこは廊下だった。ちょうど巡回していた風紀委員に見つかり、俺たちは風紀委員会室へ連行されてしまった。

風紀委員は、学園内の風紀と校則を遵守《じゅんしゅ》するよう呼びかける委員である。その権限は生徒会に次いで高く、もし風紀を乱す者や呼びかけに抵抗する者がいれば、簡易的な捕縛魔法を使うことが許可されていた。

風紀委員会室にいたほかのメンバーは、生徒会副会長である俺が連行されたことに驚いていたようだが、さすがに詳しい理由は言えなかった。

アレンが生徒会をサボっていることを愚痴るはずが、マルドーク公爵令嬢を貶《おとし》めるような流れになり、そこから喧嘩になりかけたなど。

なんて答えようかと逡巡《しゅんじゅん》していると、マシューがちょっとした意見の食い違いだったと弁明し、結果として三日間の自宅謹慎処分となったのだった。

「はあ……」

誰もいない図書室で、ひとりため息をつく。

自分は頭がいい部類に属していると思っているし、同世代ではおそらくトップクラスだろう。

物心ついたころからずっと勉強漬けで、また、どうして自分がそうしなければならないのかわかるくらいには周りが見えていたはずなのに、考えるよりも先に身体が動いてしまったなんて。

ふと、マルドーク侯爵令嬢を初めて認識した日のことを思い出す。

——一位　コッペリア・マルドーク

——二位　ゼフィルス・オナシス

——三位　アレン・ブルマン

――四位　バレルエージ・ブルマン

月に一度の実力テストの結果を見たとき、目を見開いた。

さすがは未来の王妃ということか。

王妃に求められるのは、王と並び立って劣ることのない品のよさもさることながら、いざというときの人脈、そして今代の王太子の出来からして、おそらく王太子の補助ができるような能力だろう。

見ていればわかるが、アレンのテスト結果は王族だということで、だいぶ贔屓され、手を加えられた結果だと言える。

負けてはいられないな。

俺はそこからさらに勉学に励んだ。結果、次の試験では一位を取ることができ、ほっとしたのも束の間、その次の試験ではまたマルドーク公爵令嬢に抜かされることになる。

最初のころは躍起になっていたが、だんだんとやりがいのようなものを感じ始めてきたころ、生徒会で一緒になった。

『よろしくお願いいたします』

書記として入ってきた彼女は呑み込みも早く、手慣れた様子で書類をさばく姿は熟練者を思わせた。

もしかしてアレンの仕事を肩代わりさせられているのか。

それとなく彼女に聞き出したところ、やはりそのようだった。

アレンは何を考えているんだ。たしかに王族の公務には雑務もあるが、そう簡単に任せていいものではない。いくら婚約者とはいえ、相手はまだ王族になった訳でもないのに。

まさか重要書類まで任せていないよな。

危惧した俺はさりげなくアレンに確認すると、彼はあっさりうなずいた。

『ああ。彼女にはいつも助けてもらっている』

はあ？　言うのはそれだけか？

まるで彼女に助けてもらうのは当たり前、とでもいうような発言に呆れてしまう。

『それでいいのか？』

『何が？』

会話を続けるのも馬鹿らしくなった俺は一計を案じ、それを父上に報告することにした。

『――と、現在このような状況となっております』

『それでお前はどうしたいのだ？』

父上は王都に一番近いユーシリア領を治めており、時流を読むことに長《た》けている。

政治においても、ひとつのところに権力が集まるのはよくないと判断し、国王陛下に続く権勢を誇るルキシナール公爵派の勢力がむやみに広がらないように、常に二番目の権勢を誇る派閥を維持し、バランスを調整していた。

一見すると、一番大きなルキシナール公爵派が政界を牛耳《ぎゅうじ》っているように映るが、本当の知恵者はオナシス侯爵であると、わかる者にはわかっている。

そんな様子を見てきた俺は、父上のようになりたいと思っていた。

『これから話すことは父上の胸に納めてください。……誠に残念ながら、アレン王太子殿下はその地位にふさわしい資質をお持ちではないと思われます。せっかくマルドーク公爵令嬢をはじめとする周囲の者が尽力しておりますのに、このままではその努力が水の泡になるかと』

『それで？』

『ですので、速やかに国王陛下に話を通し、学園卒業までに王太子自身がその自覚を持たないようであれば、王太子は別の者――』

『ゼフィルス』

父上が冷徹な視線を向け、言葉を遮る。母上似の俺とはまったく違う、太い眉に貴族としては粗削りな容貌、がっしりとした体躯《たいく》という見た目で睨みを利かせられるとある種の迫力があった。

『はい』

『それ以上は不敬罪どころか、国家転覆罪に抵触することになる』

いいのか、と言外に問われて、俺は父上の顔をまっすぐに見据える。

『かまいません。それよりもこの状況を王宮がどこまで把握しているかが問題では？』

その言葉を聞いて、父上は目を見開いた。

『ふっ、言うようになったな。だが、ここから先はこちらの世界だ。大人の事情、というものもある。俺の跡を継ぎたいのならもう少し考えるんだな』

だいぶ砕けた口調の父上の姿は久しぶりな気がした。

やはりアレンの愚行は王宮も把握済みのようだ。それならなぜ動かないのか、と疑問が浮かぶが、そこから先は話してもらえなかった。

『わかりました。きっと父上の気に入る答えを見つけてみせます』

せっかく気づいたこの想いを無下にしたくない。

だが、不仲とはいえ、彼女はまだアレンの婚約者である。

どう話しかけたらよいものか、と悩んでいるうちに謹慎が明けたのだった。


学園のクラスは身分と成績を考慮して分けられており、俺が所属するSクラスは特別クラスで、アレンとマルドーク公爵令嬢と同じだ。

本来なら第二王子のバレルエージ様もSクラスだろうが、三ヶ月違いの異母兄弟という微妙な関係ということで、別のクラスだった。

三日ぶりに登校し、教室でマルドーク公爵令嬢の姿を見た瞬間、俺は違和感を覚える。

「書類の整理を手伝え？　お断りいたしますわ」

マルドーク公爵令嬢が、アレンの公務の手伝いをきっぱりと断ったのだ。

ざわ、とクラス内に衝撃が走る。注目を集めるマルドーク公爵令嬢だが、平然としている様子だ。

「今なんと言ったんだ？　コッペリア」

アレンが信じられないものを見るように問いかける。

「お断りいたします、と申し上げました。もうよろしいでしょうか？　授業の支度がありますので」

マルドーク公爵令嬢はアレンから視線を逸らすと、教科書を取り出し、授業の準備を始める。

「いや、だがこれは王族ではないとできない類《たぐい》で――」

「でしたら余計、私のような者に見せるのはだめなのでは？」

彼女はアレンに顔を向けることなく言葉を返した。

言われればもっともなのだが、アレンは諦めない。

「これまでは手伝っていたじゃないか」

「ええ。将来、私はその一員になると思っておりましたから」

返す声はあいかわらずそっけない。

俺は混乱していた。

……あれは誰だ？　一体何が起こっている？

容姿は彼女と同じだが、雰囲気と所作が明らかに違っている。近くにいたクラスメイトに聞いたところ、彼女は体調を崩して休んでいたらしく、俺と同じく三日ぶりの登校だという。

そっと教室内を見渡すと、生徒たちは驚愕し困惑した表情を浮かべている。

「なら――」

「ですが、もう私には関係のないことのようですから」

マルドーク公爵令嬢は意味深に告げると、それ以降アレンに一切見向きもしない。王太子の言葉を遮るなど、不敬を問われても仕方のないところだが、彼女の態度は有無を言わせない迫力があった。

マルドーク公爵令嬢がまるで別人のように変わってしまったという噂は瞬く間に広まった。

どうやらアレンの不誠実な行動に眉をひそめる者が多かったらしく、ついに我慢の限界を超えた彼女が行動に移したのだ、と皆解釈したようだ。

まあ、結婚前に愛人を作るなんて受け入れられないだろう。よほど自信を持っていないとできないことだが、王太子という地位がそうさせたのかもしれない。

俺はマルドーク公爵令嬢に先日のことを謝罪したかったのだが、今の彼女に謝罪するのは違う気がした。彼女が以前とまったく異なってしまった原因がわからない以上、無理に刺激するのはマズいと思ったのだ。

彼女の変貌はおおむね好意的に受け入れられているようだし、ひとまず静観しようと思っていたが、再び事態は動いた。


昼休み、頭の中を整理しようと、食堂で昼食をとっていた。

そのとき、突然アレンの声が食堂に響き渡った。

「コッペリア・マルドーク公爵令嬢!!　俺はお前のような女とは結婚などしない!!」

今朝の度重なる彼女の拒絶は、アレンにとって耐えがたいものだったのだろう。だが、今この場で言うことか？　ありえないな。

一般の貴族でさえ婚約解消には当主の承認がいるため、まずは相手の家に先触れを出したあと、訪問して話し合うのが通例である。

そんな基本的なことさえもすっ飛ばした発言に、周囲の者たちが眉をひそめていた。

そもそも、この時間帯は学園内のほとんどの生徒が食堂にいるのだ。そんなところで婚約破棄を宣言するなんて、あまりにも非常識な行動に頭を抱えてしまう。

また、この婚約は王家側から打診したものだと聞いている。これを知ったら王家側はきっと大騒ぎになるに違いない。

チラッとマルドーク公爵令嬢の様子を窺《うかが》うと、彼女は至極冷静に見えた。

「かしこまりました」

彼女は答えると、カーテシーをする。

優雅で、まるで女王のように堂々としたその姿に何人かが息を呑んだ。

なんだ？　この迫力は？

これまでの彼女は同じカーテシーでもどこか儚《はかな》く、見る者によっては庇護欲をかき立てられるものだったが、今はまったく雰囲気が違っている。

アレンは彼女の反応が予想外だったのか、すぐしまったというような顔をして、取り繕うように口を開く。

「考え直すのなら今のうちだぞ」

その言葉を聞いて、彼女は小首をかしげる。

「何をでしょう？　私はこれまできちんと王太子妃教育も学業も、果てはあなた様の公務まで手伝ってきましたわ。それこそ寝る間も惜しんで。それに対してあなた様は何をしてくださいましたか？」

まさに正論であり、そこまでしていたのにもかかわらず、結婚前に愛人を作られたのでは、たまったものではない。

「なんのことだ？」

しかし、アレンのほうはまだ状況を理解していないようで、彼女はため息をついた。

「ここまで言ってもおわかりにならないのですか？　それとも、とぼけていらっしゃる？　あなた様はこれほど努力している私よりも、ほかに心を移した方がいらっしゃるのでしょう？」

彼女の言葉に、食堂にいた誰もが頭の中で同じ名を連想したことは間違いなかった。

「もし王太子妃になれたとしても、隣に誰もいなければなんの意味もありません」

マルドーク公爵令嬢が言い切ると、ぎこちない沈黙が流れる。ここまで言われてしまえば、もうアレンは反論できないのではと思ったとき、口を開く者がいた。

「アレンを困らせるのは止めてください。コッペリア」

その声の主を確認して俺は嘘だろう、と思った。

そこにいたのは、アレンに公務をサボらせ、マルドーク公爵令嬢に多大な犠牲を払わせたマリア・ダグラス男爵令嬢。

張本人が割って入ってきて、口にする内容がそれなのか？

それ以前に彼女は、上級貴族であるマルドーク公爵令嬢に自分から話しかけることなどできない立場のはずだ。また、その言葉遣いも令嬢としては心許《こころもと》ない。

ここまで馬鹿とは思わなかったな。

……アレンは一体あれのどこがよかったんだ？

言葉にすれば不敬罪になるだろうと静観していると、マルドーク公爵令嬢はダグラス男爵令嬢の発言をなかったことにするようで、立ち上がると同時に口を開く。

「もう私にはかまわないでくださいませ」

そう言って、そのまま食器を下げに向かった。

そうだろうな。ダグラス男爵令嬢の自業自得とはいえ、マルドーク公爵令嬢がこのまま相手にすれば、ダグラス男爵家は消えるかもしれない。さすがに、ひとつの男爵家が消える原因にはなりたくないだろう。

「待って!!　無視しないで!!」

ダグラス男爵令嬢の声が食堂に響く。

……は？

俺は呆気に取られるが、それは食堂内にいた者たちも同様だった。

そんな中、ダグラス男爵令嬢の言葉が聞こえないかのように出口へ向かう彼女はさすがというか……その貫禄は一体どこから出てくるんだ？

「話を聞きなさいよ!!」

ダグラス男爵令嬢はマルドーク公爵令嬢の肩を掴んで振り向かせる。

令息令嬢が集まる場で、ただ感情に任せた言葉を放つダグラス男爵令嬢に対して、マルドーク公爵令嬢は呆れたと言わんばかりにため息をついた。

「いくら学園内とはいえ、上流階級の貴族に対して先に話しかける行為は、その家に対して喧嘩を売っているのと等しく見られてしまいますよ。ダグラス男爵令嬢」

当たり前のことをあえて説明するからか、マルドーク公爵令嬢はやや言いづらそうに伝える。

すると、ダグラス男爵令嬢の頬が朱に染まった。

「なっ、何よ、公爵令嬢だからってお高くとまって!!」

「発言を取り消しなさい。公爵家は王家を支えるひとつの柱。その公爵家に対し、わずかでも不遜な振る舞いをするのであれば、国家反逆罪を問われても文句が言えませんよ」

いくら学園内では平等にと言ってもそれは建前だ。今まで上級貴族と面と向かって話したことのない下級貴族がうっかり粗相をしても見逃してあげましょう、ということである。

卒業後はそれぞれの『家』を背負うため、本当の意味の『平等』などありえない。

そのことは最初に教師から説明されるが、時折どう勘違いしたのか、こうしてとんでもない行動に出る生徒が現れる。

「はあ？　何言ってるの？」

マルドーク公爵令嬢の発言の意図は伝わらなかったようで、ダグラス男爵令嬢はまるで平民が使うような言葉と態度で答えた。

「発言を取り消しなさい」

マルドーク公爵令嬢は冷たい声音《こわね》で告げる。

この場での対応如何によって、この先の学園内での貴族間のやりとりが決まってしまうのだから、その口調が厳しいものになるのは当り前だろう。

だが、そこへ思わぬ追撃が加わった。

「待ってくれ。マリアも悪いと思ってるんだ」

なぜかアレンが口を挟んできたのだ。

王太子、王族としてありえない行動に、食堂にはより一層微妙な空気が流れる。百歩譲って貴族意識の低い下級貴族ならまだしも、王太子たる者がこの状況を庇うなどありえない。

「たしかに失言だったが、ここは学園内だ。ここはひとつ俺の顔に免じて、マリアを許してやってくれないだろうか」

その顔に免じてしまったら、マルドーク公爵家の名誉も地に落ちることを知っていて、アレンは言っているのだろうか。

「……それは王族としてのご命令でしょうか」

「そんなつもりは!!」

アレンは慌てたように言う。

マルドーク公爵令嬢は失望した表情を浮かべたまま、ポケットから何かを取り出す。手のひらに収まるほどのそれは、見る者が見ればわかる録音用の魔道具である。

「これまでの会話はこの魔道具に録音してあります。学園長に提出して、今後の進退をお伺いすることになります。よろしいですね？」

思いがけない言葉に、食堂内が騒めく。

「……冗談だろう？」

信じられない、という目でアレンがマルドーク公爵令嬢を見るが、彼女は冷たい眼差しを向けただけだ。

「私、コッペリア・マルドークはマリア・ダグラスに非常に不遜な態度と言葉を浴びせられました。これは貴族社会に対する暴挙です。ダグラス男爵令嬢の今後の対応によっては裁判も辞しませんこと、申し上げておきます」

「「はぁ!?」」

そう叫んだのはアレンたちだけで、それ以外の者たちは彼女の対応に納得しているようだった。

それはそうだろう、貴族社会で身分に沿った態度を取るのは当たり前なのだから。

「それでは失礼いたします」

「待て！　それをよこせ!!」

立ち去ろうとしたマルドーク公爵令嬢に、アレンが掴みかかろうとする。いやな予感がした俺は咄嗟に動くが、少し遅かった。

「うわ!!」

アレンの驚いた声が食堂に響く。

マルドーク公爵令嬢が足払いをかけ、アレンは呆気なく床へ転がったのだ。彼女はうんざりしたように告げる。

「王太子殿下ともあろう方がこのような無様を晒《さら》すなんて情けないですね」

あまりにも気風のいい口調と迫力に俺はその場から動けなくなった。

なんだこれは？

以前のマルドーク公爵令嬢ならば絶対にありえない。

「言わせておけば‼」

怒りで震えるアレンがマルドーク公爵令嬢をにらみつける。

再び剣呑《けんのん》な空気が流れたとき、俺は思わず声をかけていた。

「待ってください」

「どうした？　ゼフィルス？」

本気でこちらの意図がわからなかったのだろうか、怪訝な表情を浮かべるアレンに俺は諫言《かんげん》する。

「発言失礼いたします。貴族社会において身分制度は絶対です。加えて丸腰の、それも女性に対してその態度はいただけないと思うのですが」

床に尻もちをついたままのアレンに手を伸ばすが、跳ね除けられる。

「もういい‼　お前の手など必要ない‼」

アレンはそう怒鳴ると、わき目も振らず食堂の扉のほうへ向かう。周囲からは残念なものを見るような視線がいくつも向けられていた。

「待ってよ、アレン!!」

ダグラス男爵令嬢が追いかけるが、アレンは立ち止まらずそのまま食堂から退出してしまった。

彼らが立ち去ったのを確認してから、俺はマルドーク公爵令嬢へ向き直った。

「これから学園長のところへ行くのだろう？　付き添いは必要か？」

「ありがとうございます。ですが、私ひとりで十分です」

マルドーク公爵令嬢は俺の申し出をやんわりと断ると、カーテシーをして食堂から出ていった。

最初から最後まで女王の貫禄だったな。


放課後。

俺は生徒会のことで聞きたいことがある、とマルドーク公爵令嬢を生徒会室へ呼び出した。幸い彼女は訝しむ様子もなく来てくれたので、扉が閉まるとすぐに疑問をぶつける。

「君は……いや、お前は何者だ？」

「なんのお話ですか？」

少しも動じない彼女に、俺は厳しく問いただす。

「うまく化けたつもりだろうが、言葉遣いがおかしい。彼女なら『なんのお話でしょうか？』と言うところだし、今日一日観察していたが、発音もときどき変だった。俺が気づくくらいだ。マルドーク公爵令嬢の乳母や侍女に確認すればすぐにわかるだろう」

「残念ね。それに関してはとっくに対策済みよ」

マルドーク公爵令嬢——彼女の皮を被った何者か——は、がらりと表情を変えた。令嬢の雰囲気がかき消え、まるで下町の娘、いや成熟した女性のような強かさのある表情に。

「……認めるんだな。お前はマルドーク公爵令嬢ではない、と」

「やれやれだね。まさか、お前さんが一番に気がつくとはね」

あまりにも砕けた口調と、食堂で見た女王然とした態度の差に混乱しそうになる。

「お前は一体誰だ？」

「私はしがない薬売りさ」

「……薬売り、だと？」

「そう。魔道具も売ってるけれどね。なんでも願いを叶えてくれる、と若い娘たちの間じゃあ評判なんだよ」

公爵令嬢である彼女の口から、まるで下町に住んでいる平民のような言葉が出る。そこにはある種の迫力があり、彼女の中身が別人であることを示していた。

「聞きたいことはたくさんあるが、そのなんでも叶えてくれる、というのは？」

「だからなんでも。たとえば長年の婚約者に裏切られ、もう永遠に眠ってしまいたい——」

「待て」

まさか彼女はもう……？

いやな想像が脳裏をよぎり、俺は思わず薬売りの制服の襟を掴む。

「ちょ、苦しいって。その馬鹿力は止めておくれ。この娘に傷でもついたらどうするんだい？」

薬売りがじたばたしながら懇願するのを聞き、俺はハッとして手を放した。

「そのときは責任を取る」

「おや。ずいぶんと返事が早いじゃないか。もしかして……」

薬売りがからかうように言ってくるが、俺はひと睨みして黙らせた。これ以上からかわれてたまるか。

「まあ、いいさね。今、この娘の心は眠りについているんだよ。この娘の身体に私が入って動かしている状態さね。こうして動かしておかないと、万が一眠りから覚めたとき、身体が動かせなくなるからね」

眠りについているというのは、比喩《ひゆ》ではなくそのままの意味で、彼女の命に別状がないということだろうか。

しかし、万が一という言い方だと、まるで目覚めないこともあるように聞こえる。

なんとしても彼女を取り戻さなければ。

「彼女が目覚めるにはどうしたらいい？　すぐに教えろ。その言葉遣いもその表情も非常に不愉快にさせられる」

「おやま。これはまたお熱いこったね。だけど、いいのかい？」

薬売りはこちらを試すような、どこかおもしろがっているような口調で尋ねてくる。

「何がだ？」

「聞いて後悔しないいさね？」

その飄々《ひょうひょう》とした態度は、どうせ条件を満たせないだろうとからかっているようだ。それほど難しいことなのかと一瞬不安になるが、俺は拳をグッと握った。

どんなに困難なことでもやり抜いてみせる!!

「ああ。後悔などしない。教えろ」

そう言って、さらに睨みを利かせる。

「そこまで言うなら教えてもいいけどね。……本当に本当に後悔しないかい?」

彼女は非常におもしろがっている表情を浮かべた。

それは今までマルドーク公爵令嬢が見せたことがないもので、俺は強烈な違和感を覚える。くっ、早く元に戻ってほしい。

「誰がするものか」

俺がきっぱり言い切ると、彼女は少しもったいぶったように言葉を紡いだ。

「そうさね。あの娘が戻るには、あの娘に口づけしないといけないんだよ」

「……は?」

言われた言葉が頭を駆け巡る。

そして、意味を理解するなり俺は覚悟を決めた。

一歩踏み出して、薬売りに近づき――

「お待ちって!! こっちじゃないよ!! 寝ているあの娘にしないと意味がないんだからね!!」

「……は?」

彼女の怒鳴り声が頭の中をぐるぐると五周ほどしてから、ようやくその意味が理解できた。

マルドーク公爵令嬢の中にこの薬売りがいて、寝ている彼女は……まさか⁉

「あの娘は今、私の中で眠っているさね。おや、どうしたんだい？　床と仲良ししてる場合じゃないだろう？」

嘘だろう。床に撃沈した俺は、その言葉にとっさに反論できない。実行不可能な任務にしか思えない。

「……本当にそうすれば彼女は目覚めるんだな？　そもそも彼女は一体どこで眠りについているんだ？」

「せっかちさね。私は嘘は言わないよ。あの娘は平民街にある私の店で眠っているさね」

自信満々に返されるが、これまでのマルドーク公爵令嬢を知っている俺としては違和感再びである。

「……わかった。ただ、こうして向かい合っていると、とんでもない違和感を覚えて落ち着かない。周りに人がいる場合はともかく、こうしてふたりだけのときはなんと呼べばいい？　薬売り、いや、魔女殿か？」

当てずっぽうで言ってみると、薬売りは渋い顔をした。

「勘のいい子は嫌いだよ。わかったよ。魔女……ああ、いや。私はキャンディだよ。魔女でも、薬売りでも好きなほうでお呼び」

「それでは……キャンディ殿」

キャンディというどこか可愛らしい響きがいやなのか、目の前の薬売りは盛大に顔をしかめた。

「わかっててやってないかい？」

「さあ、なんのことでしょう？」

ほぼ実現不可能な任務を負わされた身としては、せめてこれくらいの意趣返しは大目に見てもらいたい。

とはいえ、彼女を助けてもらったのは事実だ。かなり変わった形だが。

とにかく絶対に彼女を取り戻す!!

そう固く決意した俺は、薬売りにマルドーク公爵への縁談を申し込むことを勧められた。

本当に彼女のことが好きならば外堀から埋めるように、とのことだが、こんなに早く進めていいものだろうか。

貴族であれば当人の意思など存在しないことはわかっているが、本人がいないのに進めてしまうことに少しばかり申し訳ない気持ちになっていた。

「何言ってるさね。お前さんはこの娘のことが好きなんだろう。今の状況で目覚めると、次の王太子候補の婚約者にさせられちまう可能性が高いと思うんだけどね。それでも？」

「よくありません!!」

俺は反射的に叫んでいた。

「それなら、あんたはさっさとマルドーク公爵家へ行って、婚約の許しをもらってくるんだね。あの坊ちゃん王太子のことがあるから、そう簡単にはいかないだろうけれど」

さらりと言われて一瞬、返答に困るがなんとか言い返す。

「どうにかしてみせます」

アレンの一件で、きっとマルドーク公爵は娘の婚約に関して慎重になるだろう。

世間での俺の評判はそれほど悪くはないと思うが（謹慎は痛かったかもしれないが）、公爵令嬢である彼女より身分は下になる。この辺りのことをマルドーク公爵はどう捉えるだろうか。


二日後、俺はマルドーク公爵邸を訪れていた。

「ユアン・マルドークだ。ゼフィルスくんだったか。君の噂は聞いているよ。大層優秀だとか」

対面したマルドーク公爵は壮年で金髪に青い瞳を持ち、いかにも貴族然とした容貌だ。その眼差しはとても厳しい。

前のことがあるから警戒されているな。

アレンのことが頭をよぎるが、さっくり消去して、俺は礼を述べる。

「本日は大変お忙しい中、お時間をいただきありがとうございます。ゼフィルス・オナシスにございます。公爵様もお忙しいと重々承知ですので、早々に用件に入らせていただきます。マルドーク公爵令嬢の婚約の件について、許可をいただきたく存じます」

本来であれば、マルドーク公爵家とオナシス侯爵家の話し合いで決めるべきだが、どうしても自分で会って話をしておきたかった。

貴族の縁談に個人の感情は不要と言われているが、今回の件はひどすぎた。

想像もしたくないが、アレンとマルドーク公爵令嬢が婚姻を済ませ、王子が生まれたあとならば、百歩譲って側室のひとりやふたりいてもなんの問題もなかっただろう。それを婚姻すらしていない、婚約中にやらかしてくれたあの……いや、今は公爵の前だ。

「そういったことはオナシス侯爵から聞いていないが」

案の定マルドーク公爵は訝しげな表情を見せた。

「俺が止めました。たしかに家同士の繋がりも大切でしょうが、今回の件で、個人の想いも重要視されると思いましたので」

先の縁談のように、ほかに心移りなどするつもりはないことを告げる。

「案外よく考えているようだな。しかし、そうなると……」

「マルドーク公爵令嬢のお気持ち、ですか」

先読みして答えると、公爵がうなずく。

「ああ。これまでならそこまで注視しなかった。いや、だからといって娘を愛していない訳ではないのだが。その結果がこれだ。次は娘の気持ちを考えてやろうと思ってな」

「それではマルドーク公爵令嬢の許しを得ればよろしいのですね？」

それなら簡単だ。

何しろ相手とは打ち合わせ済みなのだから。

そんなことを考えていると、マルドーク公爵が片眉を上げた。

「いやに自信があるようだな」

ここで怪しまれる訳にはいかないので、なんとか無難な言葉を返す。

「失礼しました。気が逸《はや》ってしまいまして」

「まあ、よい。娘の気持ちも同じならまた来るがよい」

「寛大なるお言葉ありがとうございます」

礼を述べて、公爵家をあとにしたのだった。

――これで彼女を解放することができる。

第三章　魔女キャンディ

西校舎の空き教室の窓からは、校庭でホウキに乗った女子生徒たちが奮闘している様子が窺《うかが》える。

転移陣が開発されてから、移動手段としてはすっかり廃《すた》れた魔道具だったが、一部の者にはいまだに根強い人気があるらしい。

このブルマン王国では、個人の差はあれどすべての人間が魔力を有している。平民は少なく、貴族は魔力を多く有しているのが一般的だ。使用者が魔力を込めて作動する魔道具も普及している。

(ホウキと言えばフードを被った魔女、というのは廃《すた》れちまったようだね)

夕陽が教室に射しこんでくる。

窓ガラスに映る細い体躯《たいく》は頼りない印象を与えた。

(まったく。睡眠時間が一時間だなんて)

この身体の持ち主の記憶をさらうが、扱いのあまりのひどさに憤慨してしまう。

これまでこんなふうに虐げられた女性の手助けをし、その都度街を離れてきたが、今回はいつもとは違うものを感じていた。

「まさかまた王族と関わるハメになるなんてね」

ため息をつきながら、ひとりつぶやく。

心の奥底に封じ込めたはずの過去がよみがえる。

『俺が婚約したのはこんな化け物じゃない!!』

彼の信じられない罵倒に対して、気力まで使い果たしていた私は反論すらできなかった。命の恩人に対してかける言葉がそれかい、と今なら言ってやりたい。

まあでも、もう会うことなんてないだろうが。

坊ちゃん王太子と彼が重なり、嫌な記憶を思い出してしまう。

外見が変わった代償なのか、心はだいぶ強くなった気がする。

一度何もかも失い、生活の糧として薬売りを始めた。虐げられている女性の話を聞くうちにこんなことをするようになってしまったが、もうそろそろ自分のことを考えてもいいのではないか。

「……今回の件が終わったら、森の奥に居を構えて隠居生活でもするかね」

この生活は想像以上に自分に負荷を与えていたのだろうか、と思ったとき、教室の扉が開いた。

「遅くなりまして申し訳ありません」

ゼフィルス・オナシス侯爵令息。銀の髪と紺の瞳の男子生徒は、今私の魂が入っている娘に想いを寄せているらしい。

最初に彼から事情を聞いた際、この娘のお相手になり得る存在なのか悩んだ。しかし、話してみると、誠実さを感じられたため、結婚相手としてもいいのではないかと考えている。

まあ、ダメだったら代わりを探すかね。国内には年の近い……というと第二王子くらいしかいないが、他国まで範囲を広げればなんとかなるだろう。

「別に遅くはないさね。昨日はマルドーク公爵邸へ行ったそうじゃないか。公爵がよく会ってくれたさね。私はまだ顔を見たこともないんだけど」

マルドーク公爵はあちらこちらに顔が利く人だ。

本来の領地経営に加えて、派閥の貴族や領地の管理を任せている者から陳情と報告を受けたり、騎士団での書類仕事を請け負ったりと多忙を極めている。

私の言葉を聞いて、ゼフィルスは文字通り頭を抱えた。

「はあ⁉　公爵はマルドーク公爵令嬢のことを大切にしているような印象を受けましたが、違うのですか？」

その多忙さからマルドーク公爵の帰宅は深夜で、朝食の席に着けばすでに王宮へ登城した、と聞かされる毎日。これで、どうやって親の情を感じろというのだろう。

「うーん、どうなんだろうね。まあ、その話はともかく、首尾はどうなったんだい？」

「上々だと思いますよ。かなり牽制《けんせい》されましたが……」

話を聞くと、マルドーク公爵は『娘の気持ちも伴ったら』という条件付きで、この婚約を承諾したらしい。

私は幼少のころに見た、無情な顔の貴族をふと思い出す。自分の子どもだというのに抱きしめるどころか、お役に立てるなら、とさっさと引き渡した。それが普通だと思っていて、市井《しせい》に降りて平民たちの生活を垣間見た際、その差異にひどく驚かされたものだ。

だけど、と目の前の相手をちらりと見る。

この子は違うみたいだ。上級貴族の令息にしては珍しくこの娘のことを純粋に想っているらしい。

「じゃあ次へ行くよ。まずは周囲の意識を変えることだね」

そう言うと、ゼフィルスが怪訝そうな表情を浮かべた。

こりゃあ、手間がかかるさね。

「この娘はあんな目に遭ったばかりなんだよ。それなのにすぐにお前さんと婚約したら、何かあったのか？　となるよ。それに周りも整えておかないと、目が覚めたあの娘が戸惑うばかりさね」

この娘は失意のまま薬を飲み、自分が目覚めることはないと思っている。

そんな状態にもかかわらず目覚めたら、再び政略結婚を結ばされたと思って、今度こそこの世界から旅立とうとするかもしれない。

そう説明すると、ゼフィルスが決意を込めた眼差しを向けてくる。

この年ごろの男の子には少し難しかったかもしれないさね。

「……わかりました。それで俺は、熱烈な愛の告白でもすればいいんでしょうか……？」

「そんなに悲愴感丸出しで言わないでほしいんだけどね。そこまでしなくていいんだよ。学園内なんだ。あまり過激なことはできない。さりげなく甘い雰囲気作りに尽力すればいいさね」

そう言うと、ゼフィルスはほっとしたように息を吐く。

やれやれさね。入れ替わり期間があまり長くならないといいんだけど。

この娘の身体を適度に動かすとはいっても、その中身は別人なのだ。あまり長期間になると、本人との差異が目立ってしまう。

「じゃあ今から始めるよ」

「はい⁉」

おそらく明日からとでも思っていたのだろう。上ずった声を出したゼフィルスに、私は貴族然とした微笑みを見せる。

「こういうのは早いほうがよろしいと思いません？　ゼフィルス様」

挑戦的に映ったのか、すぐにゼフィルスも同じように笑みを浮かべた。

「ああ。そうだな。コッペリア」

こうして私たちの学園内の恋仲アピール作戦が幕を上げたのだった。


数日後。学園内では、婚約破棄されたマルドーク公爵令嬢に新しい恋人ができたらしい、という噂が流れていた。

ゼフィルスとともに昇降口へ向かいながら、うまくいったようだね、と軽く唇の端を上げる。

すると、彼は甘やかな笑みを浮かべたまま口を開いた。

「今朝の君もとてもきれいだね」

「ありがとうございます。ゼフィルス様」

甘い雰囲気の会話をしていると、女子生徒たちが騒めく。私は探知魔法を使って、彼女たちの会話をチラッと盗み聞きする。

「え？　あれは本当にオナシス侯爵令息ですの？」

「美形の笑みってすごい破壊力ですわね」

「そう言えば……オナシス侯爵令息は二年前に婚約解消されてましたわね。なんでもお相手のほうが隣国の公爵様に懸想《けそう》されてしまったとかで」

「……今回の件に似ていますわね」

「あら、全然違いますわ。その隣国の公爵様は直々に謝罪し、婚約解消の示談金などきちんと払ったと聞きますわ」

思いがけない情報を得たが、どうやらこちらの思惑通りになっていそうだ。

そんなことを思っていると、突然後ろから声がした。

「ゼフィルス。……なぜお前が」

振り向くと、やはりというか坊ちゃん王太子がいた。

そう言えば、この子はまだ処分されてなかったんだよね。

あの婚約破棄騒動後、ダグラス男爵令嬢は自宅謹慎となり、その翌日には修道院へ送られたという。

一方、坊ちゃん王太子は叱責はあったものの、明確な処分はされていなかった。ダグラス男爵令嬢の措置に比べると甘い、と言われそうだが少しばかり事情があるらしい。

現在ブルマン王国には三人の王子がおり、彼らの勢力はほとんど三分割され、いわゆる三すくみの状態らしい。一方が動けば、対峙していない残りの一方に隙を見せてしまうことになり、結果として誰も動けなくなるからだ。

……坊ちゃん王太子のようなタイプは放っておくと、そのうち何かしでかしそうだけどね。

「これはおはようございます。王太子殿下」

「おはようございます。王太子殿下」

ふたり揃って挨拶をする。

「あ、ああ」

坊ちゃん王太子は驚いたように目を見開くと同時、ゼフィルスが私の肩を軽く抱いて仲の良さを主張する。

「ちょうどよかった。報告が遅くなりましたが、コッペリアと婚約したんですよ」

どうせ牽制《けんせい》だろうが、嘘はいけない。

「少し違いましてよ。お父様がきちんと納得されましたら、と条件がありますもの」

甘える声音《こわね》で抗議すると、ゼフィルスから甘やかな笑みが降ってくる。

「手厳しいな。だが、大丈夫だろう。マルドーク公爵は君のことが心配なだけのようだから」

「まあ、すごい自信ですわね」

これまでの人形のような印象のこの娘を知る者が目にしたら、卒倒しそうな光景だろう。実際、坊ちゃん王太子は愕然としている。

「それでは、またあとで」

「ごきげんよう。王太子殿下」

固まったままの坊ちゃん王太子に断りを入れて歩き出す。

いつ気づくだろうか、長年の婚約者であった私がずっと呼んでいた『アレン』ではなく『王太子殿下』と呼んだことに。

放課後。

「六十五点」

西校舎の空き教室で私はすっぱりとゼフィルスに告げた。

すると、彼は少しばかり不満げな顔をする。気持ちはわかるが、ここで手抜きしてはいけない。

「甘い顔をするのは悪くないよ。ただね、ちょっとばかりひとりよがりというか。あの雰囲気だと相手が入りづらいさね」

「……もう少し詳しく言ってもらえないだろうか」

眉根を寄せながらゼフィルスが言う。

「表情が硬い、というか。私への信頼が感じられないさね」

中身が別人なのだからそれはそうだろう、とゼフィルスが思っているのが見てとれる。

「わかってるよ。お前さんの想い人ならともかく、私にそんなことはできないって。でもね、傍から見れば私とお前さんは恋人同士なんだよ」

念を押すように言うと、ゼフィルスはしぶしぶながらうなずく。

「わかっている」

……これは少しばかり喝が必要かね。

もっと努力する必要がある、と思い知らせるためにある事実を告げる。

「これは言うか言うまいか迷ってたんだけどね」

そう前置きして、あの娘が私の店に来た際『ゼフィルスに興味はない』と言っていたことを伝える。

すると、ゼフィルスは床に崩れ落ちた。

何か前にも似たような光景を見たね。

「……嘘だろ」

どうしてあの娘がそんな行動をとったのか理由を説明すると、ゼフィルスはさらに衝撃を受ける。

「あれはそんな意味で言った訳じゃない」

聞けば、あの坊ちゃん王太子を非難する意味で滑り出た言葉だったらしい。だが、廊下にいたこの娘に気づいて、マシューとかいう生徒会役員と危うく喧嘩になりかけたという。

「まあ悪気がなかったのはわかったさね。この娘が目覚めたら誠心誠意謝罪するんだね」

そう言うと、悲壮な決意を込めた眼差しと目が合った。

「わかった。尽力させてもらう」

「そこまで必死にならなくても……まあ、気持ちはわかるさね」

これならなんとかなるかもしれない。

貴族令息にしては珍しく誠実さとこの娘に対する必死さが見てとれ、私は唇の端を上げた。

——コッペリア・マルドーク、あんたが永遠に眠るにはまだ早いさね。

そうしているうちに帰宅しなければならない時間となり、場はお開きとなった。

翌日。教室移動の際、坊ちゃん王太子が自信満々といった様子でゼフィルスに声をかけてきた。

「ゼフィルス。お前に決闘を申し込んでやろう」

坊ちゃん王太子はわざと人目が多い廊下を選んだようだ。

私の隣にいたゼフィルスは少しだけ目を見開くが、すぐにいつも通りの表情に戻り問いただす。

「それは俺に言っているのか？」

「ああ。もちろんだ。この俺、アレン・ブルマンはゼフィルス・オナシスに、今この場で決闘を申し込む!!」

坊ちゃん王太子は傲岸不遜《ごうがんふそん》ともとれる態度でうなずく。その声の大きさもさることながら、その内容に、廊下にいた生徒たちは騒めき出す。

決闘自体は禁じられたものではなく、規則を守り、立会人を設ければできる。

だが、それは十五歳以上の成人した者に限られ、未成年は認められていない。また、十五歳以上だとしても、学生という身分は責任を取るに値しないとされ、学園に在籍している間は未成年扱いである。

賠償金うんぬんの話になった場合、どうしても親の力を借りなければならなくなるし、結果、家の名誉と存続に大きく影響してしまうからだ。

「決闘は成人していないとできないはずだが」

「それなら心配ない。この件に関しては王族特権を使用することにした」

ゼフィルスの指摘に、坊ちゃん王太子は胸を反らして揚々と答えた。

王族特権とは、その名の通り王族のみ使える権利だ。慈悲を施したい場合に規則が邪魔をしてしまう、など善意として用いられることがほとんどで、今回のような乱暴な適用は聞いたことがない。

面倒なことになった、というようにゼフィルスは眉根を寄せる。

これには同感である。ここは一旦手を引いてもらおうかね。

「これで障害はないな。では方法だが――」

「お待ちください」

坊ちゃん王太子に先を言われてしまう前に、私は口を挟む。

「王族特権はそのようなことに使っていいものではありませんわ。どうかご一考ください」

王族特権の本来の意図を知っている者たちは黙って様子を窺《うかが》っている。

坊ちゃん王太子はその沈黙を、彼らが身の程知らずな公爵令嬢に呆れているからだと勘違いしたのか、自分が正しいとばかりにさらに語気を強める。

「俺を馬鹿にするのか!!　とにかく決闘だ!!　ゼフィルス、すました顔をしていられるのも今のうちだぞ!!」

王太子という地位にある者とは思えない発言。

周囲から呆れと失望の視線が向くが、当人は気づいていないようである。

（まさかこんなに意見を聞かないとはね）

どうしたものか、と思ったときだった。

「騒がしいと思ったら、兄上でしたか」

新たな声が聞こえたほうを見る。

そこにいたのは、第二王子のバレルエージ・ブルマン。

彼はゆったりとした歩調でこちらへ近づいてくる。黒髪に青い瞳、すらりとした体躯《たいく》の彼は人を惹きつけ、どこか艶めいた雰囲気を醸しだしていた。

その青い瞳が坊ちゃん王太子の姿を捉えており、そこには呆れが多分に含まれているようだ。

「バレルエージか。なんの用だ？」

「なんの用だ、じゃありませんよ。このようなところで、この騒ぎ。生徒たちの模範となるべき方のするようなことではないと思いますが」

「うるさい!!　今大事なところなんだ、邪魔をするな!!」

はあ、と第二王子がため息をつく。

「決闘に王族特権を行使するなんて前代未聞ですよ。一体何をどうしたらそんなことになるんですか？」

「ゼフィルスが俺の婚約者を取ったからだ!!」

坊ちゃん王太子は堂々と言い返すが、生徒たちは呆れを通り越して、場は白ける。

長年の婚約者を蔑ろにし、下級令嬢と浮気をしただけでは飽きたらず、その場の勢いでしかない婚約破棄宣言、さらには軽率な決闘の申し込み、と王族として許されない行為の数々をしでかしているのだ。坊ちゃん王太子に対する視線は冷たかった。

場の空気が変わったことに気づかない彼に第二王子は告げる。

「元婚約者、でしょう。婚約破棄をしたのは、兄上からだと聞いていますが」

「そ、それは、その口から滑り出てしまった……というか」

口ごもった様子を見て、生徒たちの温度がさらに下がったようだった。

「兄上。曲がりなりにも王族なのです。もっとご自分の発言に責任を持ってください」

さすがに看過できないようで第二王子の口調が厳しいものになるが、坊ちゃん王太子は激高したように言葉を返す。

「お前にそんなことは言われたくない!!　同い年とはいえ、俺は兄だぞ!!　もう少し敬うとかそういうのはないのか!?」

言い返す材料がそれなのか、という周囲からの視線は険しさが増す。

そのとき、第二王子がもういいか、とつぶやいた。

「ないですね」

「……は？」

「もうこれ以上は耐えられそうにない。兄上が私用で王族特権を行使するというのなら、俺はなんとしても止めます。俺、バレルエージ・ブルマンは王族特権をもって、兄上から王太子の地位を譲り受けましょう。そして、ゼフィルス・オナシス侯爵令息を側近とします。よろしいですか？」

ありえない内容に一瞬空気が固まる。

いくら王族特権とはいえ、王太子の交代がたった一言で済ませられるわけがなく、貴族議会と国王陛下の承認が必要だ。

「もちろん、貴族議会にはこれから協議してもらいますよ。ですが、おそらく通るでしょうね」

結果を確信したような第二王子の笑みを見て、坊ちゃん王太子が叫ぶ。

「ふざけるな!! いくら王族特権でもそんな使い方はないだろう!!」

「それに関しては同じことを言わせてもらいます。王族特権によりゼフィルス・オナシス侯爵令息は俺の側近となりますので、先ほどの決闘宣言は取り消してもらえると」

「誰がそんなことするか!!」

坊ちゃん王太子に対して第二王子が冷静に返す。

「もうこれは王族としてもどうかと思われますが、兄上は公務のほとんどをマルドーク公爵令嬢に押しつけていたでしょう。加えて今のあなたには側近候補すらいない。これでどうして王太子の責務を果たせると思われるのですか？」

何も知らなかった生徒たちからすれば、信じられない内容である。数人が私をチラッと見たので、穏やかに微笑んでやった。

「お前にそんなことを言われる筋合いはない!! やろうと思えば俺だってそれくらいできる!! たまたまちょっと忙しかっただけだ!!」

「つまりどうあっても決闘する、ということでよろしいですね？」

「当たり前だ!!」

その言葉を聞いた第二王子が口を開く……が、その先は言葉にならなかった。

……おや、この魔力はなんだい？

身に覚えのない魔力を感じたそのとき、誰かが声を上げる。

「あれ」

「何？」

「え、なんで学園内に白い……カラス？」

ほとんどの生徒はその存在に疑問を口にするだけだったが、王族と上級貴族の令息令嬢の反応は違った。

「「――!!」」

白いカラスは上級貴族以上の者しかその存在を知らされていない。そう、非常時しかお目にかかれない王宮の使いである。

白いカラスがくちばしを開いた。

「第一王子アレン。第二王子バレルエージ。王族特権を行使したふたりは登城するよう。以上」

くちばしを閉じると同時に小さな転移陣が現れ、白いカラスはそこへ消えていった。

放課後、再び西校舎の空き教室で私とゼフィルスは話し合っていた。

「まさか王族特権が使われるとは思わなかった」

「そうさね。ただの思いつきのようだし。あの坊ちゃん王太子にも困ったもんだけど……」

「どうしました？」

「いや。あの坊ちゃん王太子と比べると、ずいぶんと違うと思ってね」

側室だという母親におそらく似たであろう黒髪と青い瞳は、坊ちゃん王太子やゼフィルスとはまた違った意味で、整った顔立ちを引き立てていた。

（あの少しばかりうさんくさい笑みがなければいいんだけどね）

第二王子の愛想のよさは凄腕の商人や策略家を連想させた。

ゼフィルスはその言葉が誰を指しているのかすぐにわかったようで、補足するように口を開く。

「バレルエージ様は側室の出ですが、将来は王太子殿下の補佐となるべくさまざまな教育を受けてきました。知識はもちろん、采配もかなりのものだと聞いています。俺がわざわざ側近にならなくても、ほかにも側近がいたはずですよ。たしかエクトワール侯爵令息でしたか」

「おやま、なんだかそちらのほうが王太子みたいさね」

現時点ではまだアレンは王太子の地位を剥奪されていないため、ゼフィルスは聞かなかったことにするらしく、私の感想を黙殺して話しだす。

「ついでに言うと、第三王子のティンブラ様は御年七歳ですが、その髪色と瞳が陛下とまったく同じで、顔立ちも陛下の幼少のころによく似ていることから、古参の家臣たちに受けがいいらしいですよ」

「なるほどね。国内の勢力はほぼ三分割で、誰かが余計な野心を抱いても意味はないってとこさね。それならどれだけあの坊ちゃん王太子がぽかをしても、そう簡単には動けないじゃないかい？」

「実際これまではそうでした」

ゼフィルスの言葉に含まれたものに私は気がつく。

「……王族特権」

「それならかなり強引だが、貴族議会へ俎上《そじょう》するきっかけにはなるでしょう。成功するかどうかは未知数ですが。とはいえ、なぜここに来てバレルエージ様は王族特権を行使したんでしょうね？」

ゼフィルスはそう言って考え込む。

……あの発言の様子だと、これまでマルドーク公爵令嬢が置かれてきた状況を把握していたように見えた。婚約破棄宣言がきっかけのようだが、無理に王族特権を行使しなくとも、王太子殿下側が自滅するのはほぼ明らかである。

おそらくそんなことを考えているのだろう。

「気になるかい？」

「何か知っているのか？」

「まあ多分そうだろう、という仮説はあるんだけどね。……そうだねぇ。お前さんには言っておいたほうがいいさね」

そう言って私はゼフィルスから十分な距離を取った。

「なんだ？」

「いやさ。あの第二王子だったかい？　あの子には、たしかお相手がいなかったんだよね？」

まずは当たり障りのない話題から始める。

（あまり怒らないでくれるといいんだけどね）

恋路に走る者は何をするかわからない。

「ええ。バレルエージ様の婚約者は、五年前に流行《はや》り病で亡くなられてしまって、それ以来……」

「それさね。どうして第二王子に現在も婚約者がいないんだい？」

「いえ。今のところ、釣り合う年齢の令嬢は……」

そこで、ばっとこちらを見るゼフィルスに肩をすくめてみせる。

「ちょいと考えてみたんだけどね。あれほどこの娘があの坊ちゃん王太子の餌食《えじき》になっても王宮が見て見ぬふりをしてた、ってのは、もしかしてこれの伏線かと思ったんだけどね」

「まさか」

思い当たったらしいゼフィルスが穏やかならぬ雰囲気を醸し出した。

「王宮側が動いては角が立つから、第二王子自身が気づいてこの娘を助け、あの坊ちゃん王太子を廃嫡させるっていう……殺気を飛ばすのはやめとくれ!!」

「すみません」

「ったく。気が短いね。これじゃあ、あとのことも言いづらくなるじゃないか」

「まだ何かあるんですか？」

用心して私はさらに距離を取った。

「……なんですか」

ゼフィルスに呆れたように言われるが、指摘するのも忘れない。

「お前さんには前科があるじゃないか」

決まり悪げな顔になったゼフィルスに話を続ける。

「これは言うか言うまいか迷ったんだけどね。この娘。あの第二王子と面識があるみたいなんだよ」

「は？」

そう言うと同時にゼフィルスが動いた。長い足で素早く距離をつめると私の腕を掴んだ。

「お待ち、って‼　馬鹿力だね。面識って言ってもちょっと顔を合わせたくらいさね」

腕をばしばし叩くと、ようやく離れてくれた。

「すまない」

「ったく、若い子はこれだからね。で、少しは焦ったかね？」

そうからかうように言うと、再び殺気を飛ばしてくる。

(若いねえ。だけどそれくらいあの娘を想っているということでもあるし、大丈夫そうだね)

「そろそろ覚悟はできたかい？　もう少し待ってもよかったんだけど、話が変わってきそうだからね」

「俺がやる」

第二王子が彼女を起こす役を務めるとでも勘違いしたのか、食い気味に返答があった。

「おやま。威勢のいいこったね。それじゃあ――」

私はそこまで言いかけて口を噤んだ。

その様子を見て、どうしたのか問いかけようとするゼフィルスも、とあることに気づき口を閉じる。

（くっ、気づかなかったとは不覚だね）

「ゼフィルス・オナシス侯爵令息、コッペリア・マルドーク公爵令嬢は明朝、王宮へ登城するように。以上」

いつの間にかそこに白いカラスが姿を現したのだ。用件を伝え終えると、白いカラスは転移陣の中へ再び消えた。

「……何か悪いことでもしたかねぇ」

「呼ばれたのはあなたもじゃないか。こっちを見て言わないでほしいんだが」

「おや、失礼」

軽い調子で話すが、事態の深刻さは把握している。通常、爵位を持つ者ならともかく、それを持たない令息や令嬢が名指しで登城を要求されることは滅多にない。

「何かあったのかね。王宮で」

私が独り言ちるようにつぶやいたときだった。

「『星の宮』が開きました」

「「――!!」」

聞き覚えのない声にとっさに身構えると、いつの間にか小柄な男性が教室の入り口に控えている。

「害意はないので止めてもらえませんか」

そうは言われても、尋常ではない現れ方をした相手だ。ゼフィルスは警戒を解かない。

一方、私は公爵令嬢の口調にして問いかけた。

「影、ですか？」

「ええ。先ほどの通達だけだと説明不足だと思われましたのと、お届けものがありまして」

「届けもの？」

「その前に『星の宮』について何かご存じでしょうか？」

男性の問いかけにゼフィルスが答える。

「たしか王位継承者が双子など、どうしても決められない場合、国王陛下が開ける特別な迷宮だと」

「はい。その『星の宮』です。これは第三代国王アラミド陛下が賢者に命じて作らせたもので、参加するメンバーの中に王族がいなければ、中へ入れません。今回は、ほとんど同時に発せられた王族特権についてどちらを適用するかという目的で開かれます」

そこで男性は一度話を区切り、手紙を私へ差し出した。

「これを。バレルエージ様からになります。申し訳ありませんが、たしかに開封したのを見届けるよう、承っております」

「ありがとうございます」

受け取った手紙を開封するが、最初の一文を見て私は固まった。

「どうした？」

私信を見る訳にはいかないと適度に距離を保ってくれていたゼフィルスが問いかける。

私は便箋をゼフィルスに見せた。

「いいのか？」

ゼフィルスは私がうなずくのを確認してから、目を落とす。そして、固まる。

そこには『親愛なる魔女殿へ』と書かれていたのだ。

第四章　王族特権の行方

通常の迷宮は、『核』と呼ばれる魔力の塊によって自然に発生する。

しかし『星の宮』は違って国王の魔力を削って開けられ、むやみに開くことはない。

その『星の宮』が開かれた。

参加する王族は、現王太子アレンと第二王子バレルエージ。

『星の宮』は迷宮であるため、何人かで組まなければならない。そして、選ばれた参加メンバーは――

「すまないな。オナシス侯爵令息に、マルドーク公爵令嬢」

招集された王宮の控室で、いかにもすまなそうに第二王子が謝罪する。

だが、言われたほうは微妙な気持ちである。

渡された手紙には、少々回りくどい文章でこう書かれていたのだ。

長ったらしい時候の挨拶や美辞麗句《びじれいく》のあと、マルドーク公爵令嬢の中に魔女（つまり私）がいることをバラされたくなければ今回の件に協力してほしい、と。

『これだからお貴族様や王族ってのは!!　なんでもかんでも思い通りになると思ったら大間違いだよ!!』

とっさに火魔法で燃やそうとするが、ゼフィルスに慌てて止められた。それからいろいろと考えて、結局はここに来たのだった。

『私は別にかまわないが、この娘が後々不利になることがあったら困るだろうからね』

しぶしぶそう告げたとき、なぜかゼフィルスから生温い視線が向けられた。

『なんだい？』

『……いや、このすべてが終わったらあなたの店に行くのも悪くない、と思っただけだ』

いつも通りの悪態しかついていないはずだが、ゼフィルスは唇の端を上げた。

『は、そんな世迷《よま》い言《ごと》はやることやってから言っておくれ。それにあの店は悩みがある者しか来られないんだよ』

――だからこの件が片付いたらもう来られないね。

そう続けてやると、なぜかゼフィルスが残念そうにしているように見えた。

(こんなに懐かれるようなことをした記憶はないんだけどね)

先ほどのことを思い返していると、坊ちゃん王太子の同行者の声がしてハッと我に返る。

「何かおもしろそうなことになっているな、テルム」

「マシュー。他人事みたいに言っちゃだめだよ」

生徒会会計のマシュー・ルクス伯爵令息と、生徒会庶務のテルム・ハイランド侯爵令息である。

この両名以外ほかに候補がいなかったかららしい。

長年自分を支えてくれたマルドーク公爵令嬢をあっさりと切り捨て、挙句の果てには再び婚約したい、などと話がころころ変わる王太子に味方するのは危険が大きすぎるからだ。

実際のところ、生徒会の両名も坊ちゃん王太子のというよりは王家の命によって来たようで、両家の親族たちは苦い顔をしているらしい。

「バレルエージを除けば生徒会対決のようになったが、手を抜くつもりはないからな」

自信満々な表情で坊ちゃん王太子が第二王子にそう声をかけた。

「……いや、本当はマイルズたちも呼びたかったんだがな」

第二王子のつぶやきは本当に小さなもので近くにいた私たちにしか聞こえなかったが、言いたいことはわかった。

本来ならばもう少し多人数になる予定だったが、坊ちゃん王太子側の同行者がこれ以上集まらなかったため、この人数に絞られたらしい。

そのせいもあってか、今回の『星の宮』は小規模なものになるようだ。

案内された部屋は天井が高く、天窓にはさまざまな色のガラスで王と王妃、それぞれの王子たちの肖像が象《かたど》られている。

二十人以上は入れそうな広い空間に国王ルアク、宰相オナシス侯爵、ルキシナール公爵、マンゼラ公爵。そして、袖のゆったりした白く長い上着と肩衣をまとい、装飾のなされた靴を履いた人物がひとり。

神官長のシュタナー・コナと紹介された彼は見届け人という役目だけでなく、国王が魔力不足で倒れてしまわないように補佐をする役割も担っているという。

（ふうん、よく考えているじゃないか）

「それではこれより『星の宮』の儀を始める」

オナシス侯爵が告げて、神官長に視線を送る。それを受けた神官長はおもむろに口を開いた。

「今回開かれる『星の宮』は本来ならば十階層となる予定でしたが、参加人数の兼ね合いから四大精霊による宝珠を使用した、最大で三階層のものへ仕様を変更することになりました」

それを聞いた坊ちゃん王太子が声を上げる。

「四大精霊だと？　それによっつも精霊がいてどうして三階層なんだ？」

たしかにこれだけ聞くと精霊が一柱余ることになる。

その問いに神官長が答えた。

「すべての精霊様に会う必要はありません。三階層目の『裁きの間』に必要な宝珠は、ふたつでございますから」

「――は？」

「四大精霊は言うまでもなく、火、風、水、土の属性の精霊様のことです。アレン様、バレルエージ様がそれぞれの精霊様からひとつずつ宝珠をいただき、『裁きの間』にてふたつの宝珠を使用します」

神官長はさらに説明を続ける。

「よって、各々《おのおの》違う入り口から入り、それぞれ出会った精霊様からもたらされる試練に挑戦していただきます。その結果によって、精霊様が宝珠をお渡しになる予定です」

「……なんの属性の精霊にあたるのかは未知数ということか」

第二王子のつぶやきに神官長がうなずく。

「左様でございます。たとえ不利な属性であろうとも、必ず切り抜けてくださると信じておりますので」

そのことも王太子としての適性が含まれている、と暗示するような言葉だった。

その後、迷宮にて必要と思われる物資が入った魔道具である『マジック・バッグ』が配られ、神官長が国王ルアクに向き直る。

「それでは、陛下」

「うむ」

国王ルアクが王笏《おうしゃく》を持ち上げると、それぞれ青と赤色で描かれたふたつの転移陣が部屋の中央に現れた。

「こちらの転移陣より移動してもらいます」

特に指定はされないまま、坊ちゃん王太子は青色の転移陣へ、第二王子は反対側の赤色のほうへ移動した。私たちもそれに倣う。

「ではこれより、『星の宮』への転移を開始します」

宰相オナシス侯爵が告げ、その視線はゼフィルスに向けられたようだった。

(まあなんと言っても親子だからね、おそらく互いに何か思うところがあるんだろう)

そんなことを思って見守っていると、ふたりはすぐに視線を逸らした。

転移陣が赤く光を発する。

（転移開始だね）

そう思った瞬間、転移陣から放たれた魔力の渦が私たちを包んだのだった。


目を開けると、小部屋にいた。どうやら無事に『星の宮』に転移できたらしい。マジック・バッグに水や食料があるのを確認してから外へ出ると、細い通路が続いていた。

通路は橙色の明かりがポツポツと配置されているだけで薄暗く、出現するのは精霊のみとはいえ、十分に警戒しなければならない空間である。

（どう見ても誘われているとしか思えないんだけどね）

一方通行の狭い通路に顔をしかめつつ、ゼフィルスと当たり障りのない会話をしだす。

第二王子を無視するなんていかがなものかと思われるだろうが、先の手紙のことがあって彼に対しては堅い対応になってしまう。

「先だってはすみませんでした」

第二王子の思わぬ言葉に立ち止まってしまう。

「あまりに興味深い事態になっていたから、ついからかいたくなってしまって。……謝るから、もう少し協力してほしい」

彼のほうを見ると、真摯な青い瞳がこちらに向けられていた。

王族が自ら謝罪するなど滅多にないし、以前会った王族はそんなことは絶対に言わなかった。

（まあ、アレと比べるのも失礼さね）

「いえ、そこまでお気になさらずともよろしいのですが」

できればこの娘の中身が私だということは見なかったことにしてほしい（これ以上知っている人間を増やしたくない）ので、あえて丁寧な口調で答えた。

「こちらこそ、大人げなかった。申し訳ありません」

そう返すと、第二王子はほっとした表情を見せる。

「いや、よかった。それじゃあこれで前へ進めるかな。魔女殿」

その言葉に私の顔は引きつる。

「……そのことはできれば忘れてほしいんだけどね」

「こんなおもしろいこと、忘れるなんてもったいなさすぎて無理ですね」

どこか楽しそうな第二王子だが、私は遊ばれるつもりはない。

「いいかい？　今の私はコッペリア・マルドークなんだよ。少しでもこの娘のことを想ってくれているのなら、余計なことは言うんじゃないよ」

「わかってます」

（一応念押しもしとくかね）

「先に断っておくけど、私の力を当てにするんじゃないよ。今使えるのは、この娘のうちに眠る魔力だけだからね」

それは意外なことを聞いた、とでもいうように第二王子は驚く。

「それはどうしてですか？」

ゼフィルスが疑問を呈する。

「別におかしなことじゃないだろう。この娘の魔力にも体力にも限界ってものがあるし、許容範囲外の力は人にはよくないさね」

(余計なことを言ったかね。これだけ聞くと、元の私がとんでもない魔力を持っているように聞こえるね)

予想通り第二王子が食いついてきた。

「それならこの件が終わったら、王宮に――」

「そんなとこに仕えるつもりなんざないね。今のは聞かなかったことにしてくれ」

冷たい声音《こわね》で第二王子の発言を遮り、私は先立って再び歩き出す。

「あれはマズかったですね」

ゼフィルスがそう言って、後ろに続いたようだった。

「そういう意味じゃなかったんだけどな」

ならばどういう意味なのかと思ったが、話題を戻すつもりはないので黙ることにした。

(余計なことに関わらないほうが身のためだしね)

しばらく無言のまま探索が続いたが、突然何かの気配を感じた。

(これは私の出番だね)

攻撃魔法は十八番《おはこ》でもある。これまでいくつの修羅場を乗り越えてきたと思ってるんだ、と口に出かかったが、そこは抑えて魔法を展開した。

「下がってな。ストーンウォールッ‼」

詠唱が終わると、頑丈な土壁が持ち上がり、炎の狼を弾いた。

「大きな魔法は使えないんじゃなかったんですか⁉」

驚いたように第二王子が叫ぶ。

「これはこの娘の魔力だよ‼　ほら、次行ったよ‼」

私は第二王子に忠告する。彼が振り向くと、そこにいたのは新たな炎の狼が二頭。

「ウォーターアローッ‼」

ゼフィルスが詠唱し、炎の狼たちが一瞬ひるむ。その隙に第二王子が氷の槍を出してとどめを刺す。

「あと何頭だ？」

「四頭ってところだね。ほら、来た」

機を狙っていたらしい炎の狼が二頭現れた。

「ストーンネットッ‼」

とっさに土魔法で網を形成して狼へ向けて投擲《とうてき》する。

「なかなか繊細な魔法ですね。小石よりも小さな石で網を作るなんて」

第二王子が感心したようにうなずくが、すぐに私は叫ぶ。

「ご託はいいからさっさとおし‼　次があるんだよ‼」

ゼフィルスと第二王子が氷の槍を狼へ放ち、とどめを刺した。ふたりが気をゆるめずに待機していると、再び二頭の炎の狼が通路の奥から現れる。

「俺が行こう」

第二王子が前へ出て氷の槍を構える。

炎の狼が一頭、少しの溜めのあと、第二王子のほうへ跳躍してきた。

第二王子の予想通りだったのだろう、流れるように氷の槍を放ち、狼の身体をすんなりと串刺しにした。

「あまり手応えがないな」

「斥候、ってところじゃないのかね」

私がそう結論づけたとき、残りの一頭が口を開いた。

『主がお呼びだ』

狼が人の言葉を話せるはずがない。しかし、ある程度の魔力を備えた魔物なら意思の疎通はできる。

「――念話か」

念話――心の声を響かせている――と判断したのは私だけではなかったようだった。

「ああ、わかった」

「……やっぱり様子見されてたのかい」

三者三様の返答をすると、炎の狼は向きを変えて歩き出した。そのあとをついていくと、通路の突き当たりに炎の紋章が彫られた両開きの扉があった。

その扉に向かって炎の狼が一声吠えると扉が開き、私たちは足を踏み入れる。

「久しぶりにいい手慣らしになりそうだな!!」

高揚している声が響き渡る。

そこにいたのは、人間であればとっくに重度の火傷《やけど》を負っているほどの炎に包まれ、鍛え上げられた体躯《たいく》をこれでもかと見せつけるように胸を張る、炎の魔人イフリートだった。

イフリートを見た第二王子は顔をしかめる。

「なんかこういう奴って苦手なんだよな。会話が拳になりそうで」

(同感だね。それにこういう拳で会話する相手って、総じて話を聞かないのが多いんだよね)

「俺がやります。ウォーターアローッ!!」

そう言ってゼフィルスが水の矢の一群を放つが、突如として現れた炎の壁に阻まれてしまう。

「ガハハハハッ!! 威勢がいいのはいいぞ!!」

イフリートは笑いながら拳を振り上げ、炎の玉の一群を投げる。

「来るよ!! ウォーターウォールッ!!」

襲いかかる炎の玉から守るべく、私は咄嗟に水の壁を出現させた。

阻まれたイフリートはさらに奮起する。

「いいぞいいぞ!! もっとだ!!」

次々と放たれる炎の玉を水の壁で処理しながら、私たちは思わず感想を述べる。

「なんでいちいち拳を振り上げる必要があるんだ？」

純粋に疑問に思ったらしいゼフィルスに第二王子が叫ぶ。

「そういうポーズなんだろう!!　ほら次だ!!」

「ったく男ってのは変なところに気を遣うね!!」

すると、イフリートがより一層大きな声を上げる。

「その意気よし!!　とっておきをやろう!!」

何か大技をするのか、体の動きを止め、集中し始める。

「おい、チャンスだぞ」

「いいんですか？　こういうのは待ってあげるのが定石《じょうせき》では？」

「そんなことしてたら陽が暮れるさね!!」

（第二王子と意見が一致してしまった……なんだか悔しい気がするんだけど。気のせいかね）

「ではウォーターエッジッ!!」

ゼフィルスの水の刃が無防備なイフリートに向かう。

「ウォーターランスッ!!」

第二王子が作り出した複数の水の槍も襲う。しかし、いまだ力を溜めているイフリートは身動きすらせず、彼らの攻撃はあまり効いていないようである。

（やれやれさね）

「こういうのは下準備が肝心じゃないのかい？　ウォーターエリア」

私がそう唱えると、辺り一面、水の気配に溢れた領域に様変わりした。この魔法の領域内で水魔法を放つと威力が上がるという、補助的な役割が大きい術だ。自分より格上の相手と戦う際、まずウォーターエリアを放つのが定石とされている。

「……いや、ありがたいけれど順番が逆じゃないのか？」

ウォーターエリアを見た第二王子が指摘するが、私はすぐさま怒鳴る。

「それはあんたらが先走るからじゃないのさ!!」

私と第二王子が口論していると、ゼフィルスが水魔法を放つ。

「というか、あまり効いてないようなのでウォーターボールッ!!」

子どもほどの大きさのウォーターボールをイフリート目がけて飛ばす。じゅっ、という音とともに炎の勢いが少し弱まったように見えた。

「このまま畳みかけるよ!!　ウォーターアローッ！　ウォーターアローッ！　ウォーターアローッ!!」

無数の水の矢が波状攻撃のようにイフリートを襲う。

「……連続魔法なんてありか」

「これが彼女のうちに眠る魔力なんですかね」

連続魔法は魔力の分配さえ間違えなければ、それほど難しいものではないが、第二王子たちから若干引き気味の感想が聞こえてきた。

「戦闘中なんだよ！　何のんびりしてるんだい!!　さっさと詠唱しな!!」

「ウォーターアローッ!!」

「ウォーターランスッ!!」

次々と水の矢と槍が、まだ力を溜めているイフリートに降りかかる。彼はなんのダメージも受けてないように見えたが、だんだんと変化が生じた。

「ぐっ、ここまで来て……」

イフリートを包み込んでいた橙色の炎が陰り、焦げるような臭いがしてくる。

(これは厄介なことになりそうさね)

「なんだ？　何かが燃えている？」

「いや、よく見てください。蒸発していますよ。これは水蒸気が熱せられて……ウォーターウォールッ!!」

ゼフィルスが張った水の壁に、とんでもない熱さの水蒸気がぶつかった。詠唱の準備をしていたが、少しばかりゼフィルスのほうが早かったようだ。

「おや、よく気づいたね」

「わかってるなら言ってください。ひやひやしたじゃないですか」

ゼフィルスが抗議するが、そんなことは知ったことではない。

「いいじゃないか。大体これはお前さんたちの試練じゃないか。女性と老人は労《いたわ》るもんだよ」

「それは失礼しました。では、抱えて運んでも？」

第二王子の青い瞳が真摯にこちらを見ている。ただでさえ美形だというのに、さらに気が利くなんて、こちらの心臓が持たないから止めてほしい。

「王子様にお姫様だっこねぇ。まあ世の中の乙女が非常に喜びそうな事柄だねぇ。もし、この娘だったら喜ぶかね」

私がなんとか平静を装いながら答えると、ゼフィルスの眉がぴくと反応する。

(おやおや、これはまた。元に戻ったらこの娘とさりげない会話でもできるように……無理だろうね。こうなったら大抵の場合は店をたたんでほかの街へ行くからね)

「では、よろしいですか?」

「断る」

きっぱりと告げると、ゼフィルスはほっと息をつき、第二王子は不満げな顔を見せる。

「なぜと聞いても?」

「非常に魅力的な申し出なんだけどね、残念なことに、この娘のお相手は決まってるんだよ。それとほら」

私が顎をしゃくってみせた先には、今にも動こうとしているイフリートがいた。

「これで終わりだ‼ ファイ――」

「今だよっ‼ ウォーターアローッ‼」

「ウォーターボールッ‼」

「ウォーターランスッ‼」

イフリートが溜めた力を解放しようとしたその瞬間、私たちも水魔法を放つ。技を展開する直前だったようで、イフリートと水魔法とぶつかっても爆発は起きなかった。

しばらくすると、焦げた残骸になったイフリートの姿が見えた。

その中に光を発する小さなものがあり、それを第二王子が摘み上げる。手のひらにころんと転がる橙色の珠は仄かな光を宿していた。

「これが宝珠かな。これでひとつ取れた、ということだけど……」

どこかしっくりこない、というふうに第二王子がつぶやいた。

「仕方ないさね。あんな熱血漢のお相手をしていたら、第一層だけで一日が終わっちまうさね。まだ次があるんだろ？」

私がそう促すと、ゼフィルスも続ける。

「彼らに先を越されないうちに急ぎましょう」

「そうだな。行くか」

次の階層への扉は、イフリートがいた場所の真後ろの壁に作られていた。

「まあ、予想通りだな」

第二王子が両開きの扉に手をかける。

「待ってください。俺がやります」

何があるのかわからないのに王族である第二王子を先に行かせる訳にはいかない、とゼフィルスが代わりに扉を開けた。

先にはこれまでと似たような通路が広がっている。

「あまり変わらないな」

ゼフィルスのあとに続いた第二王子が感想を述べた。

「一応警戒はしておくに越したことはないさね」

私はしんがりを務めることにして、探知魔法を展開しながら歩みを進めた。

「反応はないさね」

下り階段に着いたタイミングで報告すると、第二王子が口を開く。

「油断せずにいこう」

その言葉にゼフィルスがうなずき、階段を下りたが、下の階層は上と変わらないように見える。

「気配はまだ感じなさね」

「今度は俺が探ります」

ゼフィルスが探知魔法を代わってくれる。

「そうかい。それじゃ――」

そう答えかけたとき、轟音とともに土壁が降りてきた。

「「――!!!」」

それぞれ身を守るように構える。そのとき。

「ちょ!?」

なぜか第二王子が私を抱え、前へ地面を蹴ったのだ。行動としては間違ってはいないだろうが、
後方へ回避したゼフィルスと別れてしまう。

この行動をゼフィルスも見ていたようで、慌ててこちらへ来ようとする。

「どうし――」

だが、時すでに遅く、土壁は人が通れないほどの隙間しかない。そして、ゼフィルスの声が土壁に遮断されるように消える。

ほどなくして轟音が止み、土壁が完全に通路を遮断した。

「どういうことだい？」

この行動には不可解さしか感じない。

「やっとふたりきりに……って、いきなりファイアーボールは止めてください!!」

「あんたが気色悪いこと言うからだろう!!」

私が無詠唱で出したファイアーボールを第二王子はきれいに避けながら叫ぶが、知ったことじゃない。ものすごい勢いで腕をさすりながら言うと、力ない答えが返ってくる。

「その発言、かなり傷つくんですが」

「一体どういうことだい？」

私としては事と次第によってはどうしてくれようか、という態勢である。

「あなたとふたりきりで話をしてみたいと思ったから……って、またファイアーボールは止めてください!!」

無詠唱で小さなファイアーボールを五、六個作り出しつつ、一応話を聞くことにする。

「それで、なんの話をしたいんだい？　というかいいのかい？　戦力が分断されているけど、このあとの試練は大丈夫なのかい?」

「あなたに聞きたいことがあるんです。そのために俺もある程度情報を開示しないといけないので、彼には遠慮してもらいました。戦力に関しては、ここはどうやら土の精霊のようなので大丈夫ですよ。俺は風魔法が得意ですからね」

魔法には属性というものがあり、それらは自然になぞらえて火、風、土、水の四属性、そして闇、聖がある。

火は風に強く、風は土に強く、土は水に強く、水は火に強い。そして、闇は四属性に影響を与えられるが、聖により解呪される。闇、聖属性ともにその資質を持つ者は少なく、解明されていないことが多いという。

また、希少さから聖を持つ者はほとんどが国の護りである聖女となる。

(そう言えばこの国には聖女はいなかったさね)

神殿の水晶に触れた際、反応が現れれば聖女見習いとなり、国の護りとなる特別な結界石を輝かせた者が正式な聖女となる。これがまた難しく、できる者は少ないという。

(まあ、今の私には関係ないことさね)

「ということで、聞いてもいいですか?」

「私が答えられるものならね」

私はそう言って探知魔法を展開した。

(面倒事はごめんなんだけどね)

第二王子が何か結晶のようなものを取り出す。

「結界石だね。それで、そこまでして私に何を聞きたいんだい？」

結界石には聖属性の力が込められている。このブルマン王国には聖女がいないこともあって、かなり高価なもののはずだ。それを第二王子は地面に置き、結界を展開させてから口を開く。

「そうですね。最初から話したほうがわかりやすいかもしれません」

「あんまり長くしないでおくれよ。今の状況わかってるんだろうね？」

「もちろんです。では、早速。もともと兄上が王太子に向いていないのはわかっていたんです」

「まあねぇ。さすがにアレはちょっとねぇ」

私が賛同すると、第二王子もうなずいた。

「それでも周囲は時が経てば、兄上も王太子としての自覚が出るだろう、と期待していたらしいですよ」

「無駄な期待だったね」

きっぱりと言ってやると、苦笑される。

「キツいですね。嫡子とはいえ、兄上があまりにも……もうはっきり言ってしまいましょう。頼りないため、俺かティンブラを王太子に、という話だけはあったんですよ。ですが、そこでオナシス侯爵が出てきました」

長男が王太子になるのはどんな国であっても定石。

「オナシス侯爵はあえて俺とティンブラの勢力を削り、兄上が少しだけ上になるように調整していました」

素質のみであれば、第二王子か第三王子がそうなってもおかしくはない。そんな状況下では、誰かが野心を持って余計なことをしでかさないか懸念したのだろう、と第二王子は語る。

「そこでマルドーク公爵令嬢の存在です」

「あんたら、この娘に公務を丸投げするつもりだったのかい？」

「とんでもない!!　ある程度は仕方がないと思っていましたが、フォローに入る予定はありましたし、兄上があそこまで彼女に仕事を押しつけるとは思ってなかったんですよ」

それなのに彼女ときたら何度聞いても、大丈夫、としか答えないと第二王子は言う。

「……弱音を吐いたら候補失格、と思われるとプレッシャーを感じていたんだよ」

その記憶を知っている側としては、そう答えるしかなかった。

「まるで彼女の心がわかるみたいですね」

「まあ多少はね」

ふうん、と第二王子がどこかわざとらしいように声を上げる。

「それで兄上が卒業するまでに、ある程度地盤を固めておく予定だったんですけどね」

「悪かったね。余計なことして」

本当に余計なことだったか？　とつい言い返すと、とんでもないと否定された。

「いえ。そうしてくれなかったら、俺は彼女を失っていたと思います」

「……あんた、どこまで知ってるんだい？」

「あなたが元は異国の貴人だということ。その持てる力をすべて捧げたのに、愚かな人々に追放され、薬売りとして生計を立てるかたわら、悩める女性を助けることもしていたくらいでしょうか」

「全部じゃないかい!!」

ずざざっ、と擬音がしそうなほど下がり、結界ぎりぎりのところで止まる。

「思い切り距離取られると、案外傷つくので止めてほしいんですけど」

悲しそうに言われるが、いたって当たり前の反応だと思う。

「一応俺も王族なので調べようと思えば調べる手段はあるんですよ。……で、そこで相談があるんですけど」

(そう言えば王家ってのは、うまくその力を使えば他国のことでも情報を得られる、って前に聞いたことがあるような)

情報は何よりの力である。

(何か面倒なことじゃなければいいんだが)

「内容によるね」

「今回の件がうまく収まったら、俺の妃になってもらえませんか?」

用心する私の耳に届いたのは、とんでもない言葉だった。

「……。……言わなかったかい? この娘のお相手は決まってるって」

(懲りないね。この娘のお相手はゼフィルスだよ)

今、目の前にいる第二王子も少し迷った。あの坊ちゃん王太子のように公務を押しつけたりはし

ないだろうし、ゼフィルスほどではないだろうが誠実なところもあるように思えた。

だが、王族に嫁ぐということがどれほどの忍耐を強いられるものなのか知っている身としては、やはりゼフィルスのほうがいいだろう。

（まあ、顔はいいんだけどね）

思わず見惚れそうになるが、気のせいだろうと心の中で繰り返す。

「そうじゃありません。俺が言っているのはあなた自身のことです」

「……は？　どういう意味だい？」

「言葉そのままの意味でしたけれど、……通じませんでした？」

まるでわからないほうがおかしい、とでも言いたげだった。

（そのままの意味？）

「……。……ちょっと待ちな」

「あれ？　どうして地面と接吻してるんですか？　そんなにおかしなことを言ったつもりはないですが」

かろうじて地面との激突は免れたが、心のダメージは計り知れない。

「ふざけるのも大概におし!!　一体どこの世界に老婆を王太子妃にする者がいるんだい!!」

「ここにいますね」

「冷静に答えるんじゃないよ!!」

（人をからかって!!）

結界内に破壊音が響く。

「いきなりファイアーアローは止めてください!!　というか無詠唱が多いですが、一体あなたの力はどこまでなんですか!?」

「この娘に眠ってる力だって言ってるじゃないか!!　というか、いい加減本当のことを言ったらどうだい？」

(絶対に裏がある)

そう思ったのは間違っていなかったようで、第二王子がおや、と片眉を上げたのがわかった。

「わかります？」

やっぱりかい、と少しだけ落胆した自分がいるのは気のせいだろう。

「まあね。この娘ならともかく婆さんを嫁になんざ普通の神経じゃ言えないだろう」

「かなわないですね。わかりました。言いますよ」

そう広くない結界内での逃げ隠れに疲労を覚えたのか、第二王子がふう、と息をつきながら地面に腰を下ろした。

「もともと俺の婚約者候補は少なくてですね。母親は側室のうえ、移民でかなり立場が弱いんですよ。それでやっと決まった婚約者もあんなことになってしまって」

「ちょいお待ち。まさかそのお相手は――」

「対外的には病死にされましたが、毒だと思います。あとでわかったんですが、兄上の陣営の気が早い馬鹿が独断でやったそうです。ああ、大丈夫ですよ。適当な理由をつけて、そいつはお家断絶になってますから。オナシス侯爵が動くのが案外早くてね」

その口調には自分だったら、という想いが滲み出ているようだった。

「それ以降、婚約者関連のことにはあまり関心が持てなくて。知ってる者は知ってますからね。自分から売り込んでくる者もなくて、現状ここに至る、です」

おどけたように言っているが、その眼は違う景色を見ているようだった。

おそらくその亡くなった婚約者に想いを馳せているのだろう。何もかもを奪われた者のような儚《はかな》げな顔をされると、どう対応していいのか……困る。

「だから、今さら婚約者なんて誰でもよかったのに」

そこでバレルエージは私を見た。

「兄上が廃嫡されたら、俺が彼女を娶るつもりでした。ティンブラとは年が離れすぎていますしね。ですが今、彼女にはゼフィルスがいるようですし。そうなるとどうしても代わりがいるんですよ」

その眼の色は暗く、どこか淀んで見えた。

「ですから、この件が片付いてあなたが元の姿に戻ったら、非常に申し訳ないのですが、またあの薬を使ってもらえませんか？」

(何を言ってるんだい、この子は)

「はっ、何を言うかと思えば、残念だったね!!　あの薬は絶望に身をやつした若い女性にしか使えない。いろいろと条件があるんだよ!!」

そう言えば諦めるだろうと思った。

しかし、第二王子は意外と根性があるらしい。真剣な表情で尋ねてくる。

「そのいろいろな条件とはなんですか？」

「……本気で言ってるのかい？　もともとこの薬は心身ともに疲れ、絶望した女性を休ませるためのもの。私がこうなっちまうのは不可抗力みたいなものなんだがね」

「それですよ。ずっと眠ったままでは、体力はどうしても衰えてしまうでしょう？」

まさかそこを突かれるとは思わなかった。

(なんだか調子が乱れるね)

やってくる客は私を薬売りの魔女としか見ていないし、それ以前のことを思い出してもこんなふうに体調を気遣われることなどなかった。

「あなたの身体は誰が守ってくれているんですか？」

生真面目な目を向けられ、少し気圧《けお》されてしまう。

「馬鹿にしないでおくれ、薬が効いている間は飲食しなくとも体は持つし、ちゃんと結界くらい張って――」

「そういうことではありません。何日も何週間も寝たきりだったあなたの身体はどうなっているんでしょうか」

最低限の予防策はしている、そう告げたはずなのに、目の前の青い瞳は少しも揺るがない。

気遣うような言葉を初めてかけられ、思わず反論を止めてしまった。

「俺は子どものころ、ひどい流感にかかって何日も寝込んだことがあるんですよ。ようやく起き上がれたころには全然歩けなくなっていて。最初は流感のせいだと思ってましたが、医者が言うには何日も寝ていれば、誰にでも起きることだと」

「……それが私に当てはまると？」

「その後、気になって調べたり、周りの者たちに確認したりしたので間違いないです。おそらくあなたの本来の身体は、こうしている今も衰弱の一途を辿っているのでしょう？」

第二王子が呆れたようにため息をつく。

「まったく。人がいいにもほどがありますよ。それでなくとも、あなたの身体はだいぶ年季が入っているんですから、少しは自分を労《いたわ》ることを覚えたほうがいいと思います」

「子どもが生意気なこと言うんじゃないよ。私はあんたの言う通りにするつもりなんざ、これっぽっちもないさね。大体これは私が気まぐれでやっていることだよ。お貴族様や王族なんぞに関わるつもりなんてないさね」

啖呵《たんか》を切ると、第二王子が軽く片眉を上げた。

「いいんですか？」

(まったくしつこいね。一体どういう教育を受けたらこんなのが出来上がるんだい)

そんなことを思っていると、第二王子は話し続ける。

「そうなると王太子となった俺の横に並ぶのは、マルドーク公爵令嬢しかいないんですけどね」

「ほかにもいるだろう？　他国のお貴族様でも当たるんだね」

他国ならそれぞれの慣習も違うし、母親が側室でも妃候補に名乗りを上げる貴族もいるはずだ。

「王太子妃じゃなかったら、そうでしょうけれどね。今から王太子妃教育を受けて、間に合う令嬢なんて当てがありません。それに、俺と釣り合う年ごろの令嬢は婚姻婚約済みの方ばかりでしてね」

（ん？　ということは誰もいないじゃないか）

たしか学園内の年の近いご令嬢たちは皆婚約済みのはずだ。話を続けようとする第二王子に思わず言う。

「お待ち。あんたはさっき私にあの薬を使うように言った。でも、薬を飲ませる令嬢なんざいないじゃないか。それに、私は王太子妃教育なんざごめんだね。お貴族様の礼儀や作法なんてできやしないよ」

そもそも薬を飲ませるような令嬢がいるのなら、その令嬢に王太子妃教育を施したほうが早いのではないだろうか。

「まず令嬢の当てですが……下級貴族ならばいますよ。絶望に身をやつした令嬢が」

（下級貴族？　それならたしかにいそうだけど。何か思わせぶりだね）

「焦らすじゃないか。薬を飲んだら、私がその子の内に一時的に宿るんだ。さっさと言ったらどうだい？　それに、王太子妃になるにはある程度の身分ってのも必要だろう」

独り言ちるように言うと、第二王子はすでに対処法を考えていたようですぐに返答する。

「そうですね。その場合、然るべき上級貴族の家に養子縁組をしてもらいます」

「断る」

（またそんなややこしいところに収まるなんて冗談じゃないよ。この件が片付いたら、森の中で隠居生活を始めるんだから）

そう怒鳴り返してやればいいのだが、なぜかできなかった。

側室腹の第二王子。その立場がどれほど微妙なものか、私は知っていた。

かつて聖女だったころ、あの国で肩身の狭い思いをしながら生きていた、まだ小さな第二王子を思い出してしまう。噂でしか聞いたことはなかったが、あまりいい扱いでなかったようだ。

（あの子はあいつと年が離れていたから、かろうじて邪険にされずに済んだのだろうが。……同い年となると、かなり話は違ってくるだろうね）

「どうしてです？　他国とはいえ元貴人の立場だったのですから、基本的な礼儀は知ってそうですし。マルドーク公爵令嬢として周囲に違和感を与えずに日常を送っている、ということからも間違いなさそうです」

思いがけない指摘に思わず舌打ちする。とりあえず知らないふりをすることにした。

「……一応、この娘の記憶は見られるから大体の礼儀くらいわかるさね」

「なら、今の間はなんですか？」

続けますよ、と言われ思わず睨むが、第二王子は何も感じていないらしく平然とした様子で再び話しだす。

「あなたは先ほど一時的に、と言いましたが、この場合ずっと俺の側にいてもらうので、元に戻った際の危険は考えなくていいのですよ」

「それはあんたの見方だろう？　私はそれはそれでかまわないんだよ。それに、そのご令嬢が自分から言わないと意味ないしね」

「なるほど。互いの同意が必要という訳ですか」

「もういいだろう。この話は終わりだよ」

さっさと終わらせないと絆《ほだ》されそうなので、わざと素っ気なく言う。

しかし、彼はまだ諦めるつもりはないらしい。

「もうひとつだけ」

そう言って第二王子が指を立てる。

「なんだい？」

「その令嬢が誰なのか、気になりませんか？」

「私が知ってる相手かい？」

「もちろんですよ。彼女の名はマリア・ダグラス男爵令嬢……っと、もう勘当されてるので家名はありませんでしたね」

（……は？）

内容もそうだが、どこかおもしろがっている様子が気に食わなかった。これは遊戯じゃないんだよ、と言いかけたときだった。

「ご気分を害されたようでしたら――」

「何かが近づいてくるね」

なおも続けようとする第二王子を押し留め、私は通路の先を見た。

詠唱の準備をする私を見て、第二王子も不穏な気配を感じとったのだろう。そっと結界石へ手を伸ばし、いつでも結界を解除できるようにしている。

通路に余裕があればこのままでもよかっただろうが、こんな狭いところでは避けられないだろう。

重量感のある音がだんだんと近づいてくる。

(魔物にしてはずいぶんと緩慢な動きだね)

腹に響くような音が間断なく続き、やがてその姿を視認できる距離まで来た。

「……ゴーレム」

ゴーレムは魔力を持たない人の形を模した魔物……と言ってしまえばそれまでだが、倒すのは非常に厄介だ。その拳が放つ一撃は重く、停止させるには身体の中にある『核』を抜き取るか砕く必要がある。定石としては、ひとりがゴーレムの注意を引き、その隙に残ったひとりが『核』を狙うということになっている。

(別にそこまでしなくてもできるけどね)

だてに長い間放浪していた訳じゃないので、一体ならひとりでも十分に倒せる。

「あなたは下がっていてください」

こちらを庇おうとする第二王子には悪いが、さっさと済ませてしまおうとしたときだった。

「……は？」

ゴーレムの数歩あとを追うように、もう一体のゴーレムが姿を現したのだ。

想定外の事態に身体が硬直する。

第二王子は何を思ったのか、結界石を壊して結界を解除した。そして有無を言わさず手を取られ、ゴーレムたちが来るほうと反対側へ引っ張られる。

「走ります!!」

「とっくにそうしてるだろう!!」

文句を言いながらも通路を戻る。ゴーレムの足音と振動音は確実に大きくなっていた。

(ん？　どうなってるんだい？)

走りながら探知魔法を展開させて、あることに気づく。

ゴーレムたちが来る方向から、ゼフィルスの魔力をかすかに感知したのだ。

魔力というものには、属性のほかにも特徴がある。それを操る個人によって波——波動のようなもの——が違い、親しい間柄の相手ならそれを見分けることは難しくはない。

(どこかに抜け道でもあったのかい)

先ほど分断された際の状況を考えれば、今私たちが向かっている方向にゼフィルスがいるはずだった。

私は探知魔法を消し、魔力で弓と矢を練り上げる。

「何をしっ!?」

「アレは核をどうにかしないと止まらないだろ。左のは私が仕留めるから、右のを頼んだよ」

風の属性をまとわせた矢をつがえながら、第二王子に指示を出す。そして、彼も風の属性の弓矢を完成させたのを確認したあと、狙いを定めた。

「『ウィンドアローッ‼』」

風魔法の『ウィンドアロー』と、今回のようにひと手間かけたものでは威力が段違いだ。風の矢がゴーレムの核がある胸の中心を射抜くと、二体はたちまちのうちに霧散した。

「さて、と」

私はゴーレムが来たほうへ足を踏み出した。

「どういうことですか？」

何かを確信したかのような私の態度に疑念を抱いたらしく、第二王子が問いかけてくる。

「なんのことさね？」

「もったいぶらないで教えてください。何があったんですか？」

わざと惚けてみせると、第二王子は気分を害したようで少しふてくされた。

（まだまだだね）

からかうのもここまでにしといてやろうと、私は先ほど拾った石ころを見せる。

「わかるかい？」

「これが何か。……は？　この魔力はゼフィルスものですね」

第二王子は驚いたように声を上げた。

「そうさね。おそらくこの石ころを囮《おとり》にしてゴーレムをやり過ごしたんだと思うよ」

ゴーレムは明確な五感はなく、製作者の命令を淡々とこなすだけだ。だが、物音を探知したり障害物を避けたりすることがある。

この迷宮には身を隠す場所はほとんどないため、ゼフィルスは土魔法で壁を作ってその隙間に潜り込み、数個の石ころを跳ねるように遊ばせたのだろう。そう話すと、第二王子は感心したようにうなずいた。

「なるほど。たしかに今の時点ではそれが最善の手ですね。この通路でゴーレム二体に対してひとり、というのはさすがに荷が勝ちすぎていますしね」

ゼフィルスがひとりになるように分断した張本人がさらりと言う。

「何を言ってるんだか」

私は手にした石ころに探知魔法の応用をかけ、そこにかすかに残るゼフィルスの魔力が、ほかの場所にある彼の魔力と引き合うようにした。

その場所に何があるかを探る魔法である探知魔法は、術者の実力によってその鮮明度が変わる。彼が魔力を込めたほかの石ころや、魔法を展開した場所も反応してしまうが仕方がない。

第二王子にざっと説明して、淡く光る石ころを手に、私はゴーレムたちが来た通路を見据えた。

「行くよ」

「なぜそんなに魔法に長《た》けているのか聞いても……ちょ、置いてかないでください!!」

(昔取った杵柄《きねづか》ってやつさね)

歩きながらゼフィルスの魔力を確認していると、ゴーレム二体が来た方向から反応があった。

(やはり、ね)

少し進むと、手にしているのと似たような石ころがいくつも転がっていた。おそらくこれらが囮《おとり》になった石ころだろう。それらをマジック・バッグに回収していると、第二王子が不思議そうに聞いてきた。

「一体どういうことなんですか？　方向が逆ですが？」

「さあてね。抜け道でもあるんじゃないかね」

実際、今私たちが歩いている通路は曲がったり上り坂になったりと、入り組んだ構造をしている。しばらく歩き続け、いくつか角を曲がったとき、ふいに開けた空間が現れた。道は続いているが、両側の地面は抉り取られ、崖になっている。

（まいったね）

ゼフィルス本人であろう強い魔力を感知して、ため息をついてしまう。

「どうしたんですか？」

「この下から反応があるんだけどね」

下を指差して答えると、第二王子の顔は強張《こわば》った。よくない想像でもしたのだろう。

「……まさか」

「いや、おそらく生きてるよ。死んだ者にこれほどの魔力は残らないさね」

谷底に存在する魔力はとても強く、量も多く感じる。そう言うと、第二王子はほっとしたようだ。

「では、どうやって谷底へ降りるかですね」

「そうさね」

私にとってこの下へ降りることなど簡単なことだ。さらりと答えて道の端へ移動すると、第二王子が慌てたように声を上げた。

「何してるんですか⁉」

「そんなもんこうして飛び降りれば――」

地面を蹴り、降下する。数々の修羅場を乗り越えてきた私にとっては今さら、という気持ちだった。もちろん、風圧でふわりと舞いそうになるスカートを押さえることも忘れない。

「キャンディッ‼」

(いつの間に名を知った？　まあ、王族だから伝手ならいくらでもあるだろうさね)

「殿」をつけるのを忘れてるよ、と指摘しようとしたとき、ふいに身体が何かに抱き込まれ、身動きできなくなる。

それが第二王子に抱き込まれているのだと気づいたのは半瞬後だった。

「ちょ、何してるんだい‼」

ひとりならともかくふたりでは落下速度が大きく違ってくる。

「何してるんだ、じゃないですよ‼　とにかくしっかり掴まっていてください‼」

(掴まるも何もがっちり掴まえてるのはそっちじゃないかい)

そう思ったが口には出さず、代わりに浮遊の術を唱える。

「フライ」

この娘の魔力量が多さと私の熟練度のおかげで、すぐに落下がやんだ。ずっと展開したままだと浮いたままになるため、少しずつ魔力を弱めゆっくり降下していく。

やがて谷底へ足がつくと、第二王子がどこか呆けたように口を開いた。

「なんと言うか、思い切りがよすぎてこっちの心臓が持たないので、もうこんな危険なことはしないでもらいたいんですが」

「断る。というか、いい加減お離し」

いまだに抱きしめたままの第二王子にそっけなく告げると、ものすごく不満げな顔をする。再度促して、ようやくしぶしぶ離してくれた。

（子どもかね）

まだ未練があるのか、こちらへ視線を向けてくる第二王子に先を示すように顎をしゃくった。

「ほら、さっさと行くよ。いつまでもこんなところにいたら日が変わっちまうよ」

（そういや時間の感覚がさっぱりさね。夜ではないと思うけど。これが普通の迷宮なら少しはわかるんだけどね）

国王の魔力を用いているせいか、『星野宮』は普通の迷宮と比べると土臭くなく、どこか人工物めいた雰囲気さえ感じる。

人には体内時計というものがあるらしく、陽がなくとも一定の時間が経過すれば眠くなるし、空腹も感じる。迷宮ではそれを基準におおよその時間を推し量ることが多いが、『星の宮』ではその感覚はあまり当てにならないようだ。

ここへ入ってからずいぶん時間が経過したように思うが、眠気も空腹も感じなかった。

（やっぱり迷宮とは作りが違うさね）

まあ、それは帰還してから考察するか、と思いながら辺りを見渡す。

「ちと暗いね。ライト」

魔力が少しでもあれば使用できる生活魔法『ライト』を展開すると、肩くらいの高さの空間にポッと手のひらサイズの光球が現れた。空中に浮くそれは使用者が移動すればついてくる仕組みで、迷宮内部では頻繁に使用される魔法である。

灯りを頼りに辺りを見渡すと、そこはでこぼこした地面とところどころ隆起した丘が広がる不毛の地に見えた。

（思ったより広いね）

飛び降りる直前にマジック・バッグに収納した石ころを取り出そうとしたとき、近づいてくる足音が聞こえた。

「キャンディ殿は下がっていてください」

第二王子が前へ出ようとするのを押し留める。

（この魔力は――）

「大丈夫さね。敵じゃないよ。というか、第二王子のあんたが前へ出てどうするんだい？」

守られてしかるべき第二王子の行動に、咎めるような言い方になってしまったのは仕方がないだろう。

（……何、考えてるのさね）

「あなたを守るのは俺の役目だと思いますが」

真剣な眼差しにドキリとするが、その気持ちには気づかないことにした。

「思わないね」

すっぱりと切り捨てたとき、聞き覚えのある声がした。

「見せつけないでほしいんですが」

別れたときより疲れている印象を受けるが、ひどいけがはしていないようだった。

「ゼフィルス、無事だったか」

「誰が何を見せつけるって？」

そう返すと、ゼフィルスは少したじろいだようだった。だが、気を取り直したのか、私たちと別れてからのことを説明しだす。

予想通り、あのゴーレムはゼフィルスが先に遭遇していたらしい。とっさに土魔法で通路との間に壁を作って隙間に滑り込み、数個の石ころに風魔法をかけて遠くまで弾んでいくようにした、とのことだった。

「なるほどね」

私がその石ころを取り出してみせると、ゼフィルスが目を見開いた。

「さすがですね。それではあのゴーレムは」

「ああ。二体も来るとは思わなかったけど。まあ、なんとかなったさね」

私がそう応じるとゼフィルスが不可解だ、とでも言いたげな表情をした。

「二体、ですか？　途中で増えたのでしょうか」

その反応から察するに、もともとは一体しかいなかったのだろう。冷静に分析するゼフィルスに思わず言う。

「戦ったのはこっちなんだけどね」

「あなたならあれくらいは余裕だと思いましたが。違いましたか？」

咄嗟に反論できずにいると、第二王子が覗き込んできた。

「口ごもるあなたも可愛いですね」

（……は？）

私は反射的に第二王子から距離を取る。

「ちょ、その態度は傷つくんですが!!」

激しくなる鼓動を必死に抑えていると、ゼフィルスがぽつりとつぶやいた。

「知ったこっちゃないね」

「ですから、見せつけないでほしいんですが」

「そういうんじゃないさね!!　それよりも！　ここの階層の主《あるじ》を捜さなくてもいいのかい？」

「そうでした。ちょうど目星をつけているところがあるので案内しますよ」

ゼフィルスに促されてついていくと、少し行ったところに自然にできたような洞窟があった。入り口は広く、ゴーレム一体なら十分に出入りできるだろう。

彼の話によると、この中から何か音が聞こえてくるのだという。

「少しこのままでいてください」

洞窟の入り口でできる限り気配を隠していると、金属を打つような音が聞こえてきた。

「この奥のようですね」

同じく耳を澄ませていた第二王子が言って先に行こうとしたので、慌てて止める。

「何してるんだい!!　あんたが先に行ってどうするんだい、ってさっきから言ってるだろう!!」

「ですからこれは俺の役割――」

「俺の役割ですね」

第二王子の言葉をぶった切ったゼフィルスが先頭に立つ。

「こっちです」

「お前さんはどこまで探ったんだい？」

「そんなに先までは行ってません。おふたりの声が聞こえたので、すぐに引き返したんです」

会話を続ける間にも槌《つち》を打つ音は続いていた。

（……ドワーフ？　いやたしかここにいるのはノームのはず）

物作りが生きがいなのは、ドワーフのはずである。

そんな疑問を抱きながら進むと、思ったより早く広い空間へ出た。

そこは、作りかけの剣や盾などの武具のほか、鍬《くわ》や鋤《すき》などの農具が乱雑に置かれていて、いかにも作業場という雰囲気だ。

そこにいるノームは帽子から覗く髪はすべて白くだいぶ年を経ているようだ。剣を打つ手には少しも迷いがない。

(罠といいあのゴーレムといい、直接戦うつもりはなさそうだね)

老ノームは私たちという侵入者を目の前にしても、まだカンカンと槌《つち》を振り続けている。あまり戦いは好きではないのかもしれない。

一瞬、第一層の熱血漢を思い出してしまい遠い目になるけれど、気を取り直して老ノームに話しかけようとしたそのとき。

「ドネラの奴にも困ったもんでの」

挨拶も何もなく突然始まった会話に戸惑う。

しかし、その間にも老ノームの話は進んでいく。

(……人の話を聞かないのかい)

槌《つち》を打つ手を止めずに話す老ノームの内容をまとめると、とてもしつこい女ノームに言い寄られて困っているから何かいい解決策はないか、ということだった。

「何かと言えば儂《わし》のそばに寄りたがる。やれ、新種の薬草を見つけただの、いい鉱石があっただの、しまいには頭に花まで生やしておったぞ!!」

(いや、それ花を飾っていただけさね)

着飾った女性に対して失礼すぎる発言である。どうしてくれよう、とはらわたが煮えくり返っていると、その気配を察知したらしいゼフィルスが慌てたように口を挟んだ。

「つまり相手から求婚行動を受けたということですね?」

すると老ノームが、くわ、と顔を上げた。

「何を言っておる‼　儂《わし》とドネラでは年が違いすぎるわ‼」

「ええと、ちなみにおふたりは何歳なんですか？」

「儂《わし》が五百歳で、ドネラが二百四十七歳じゃ」

ゼフィルスの質問に、老ノームは答えた。

（いやそれ、誤差の範囲）

おそらくこの場にいた老ノームを除く皆の気持ちは同じだったに違いない。

「儂《わし》みたいなモンに嫁いでも、笑い者になるのがオチじゃ。そう何回も断っとるのに少しも引きはせん。……儂《わし》は物を作るのが好きなただの老ノームじゃ。若いノームとは話が合わん」

槌《つち》を打つ音が早くなる。どう見ても老ノームはドネラという女ノームを気にしているようにしか聞こえない。

（やれやれだね。ちょいとばかり言ってやろうじゃないかい）

そんな気配を察したのか、私が語りだそうとした直前、今度は第二王子が口を挟んだ。

「あなたはここ第二層を預かる四大精霊の一柱ということでよろしいのですよね？」

老ノームは顔を上げずに答える。

「そうじゃよ」

「でしたら、どうしたら宝珠を譲っていただけるのかお伺いしてもよろしいでしょうか？」

相手が精霊ということもあってか、第二王子は老ノームに対して丁重な態度をとる。

（まあ、何が原因で機嫌を損ねられるかわからないからね）

「宝珠？　儂《わし》はそんなものに興味はないんじゃがの。ここに来たのは、あの坊主がここへ来ればこの件に関して何かしらの答えが得られると聞いたからじゃ」

坊主というのが誰か気にかかったが、寿命の長いノームの基準なので、あまり気にしないことにする。

「もしかしてそれは」

「どうすればドネラが諦めてくれるか、じゃの」

（はあ!?）

何ふざけたこと言ってんだい、と言いかけるが、それよりも先に第二王子が老ノームに語りかける。

「俺には無理ですが、こういったことに非常に詳しい方に心当たりがあるので、そちらに聞いてくれませんか」

その視線はしっかりと私のほうを向いていた。

「まあ、なんのことでしょう？　第二王子様」

老ノームにはしっかりと言ってやるつもりだったが、なんとなく反駁《はんばく》してしまった。おそらく話を持ちかけてきたのが第二王子だからだろう。

（どうにも困ったもんさね）

十代じゃあるまいし、と反発しかける乙女心（？）を押し殺して、公爵令嬢らしく大人しやかに答えてやると、なぜか第二王子は口の端をニヤリと上げた。

「先ほどから思っていたんですが。いい加減名で呼んでほしいんですが」

「まあ何をおっしゃいますの？　名で呼ぶだなんて。そのようなことできませんわ」

（まったく何を考えてるんだか）

怒鳴りそうになるのをこらえ、なんとか令嬢口調を保つ。

「いや、マルドーク公爵令嬢はそうでしょうが、あなたは違いますよね。ちょっとややこしいですが少しの辛抱です」

「ふむ。おもしろいことになっておるな。ああ、儂《わし》のことは気にせんでいいぞ」

老ノームが無情とも言える言葉を投げかけてくる。そして興味深げに私のほうを見るが、それどころではない。

（そう言うってことは、先ほどのやりとりはほとんど全部見られてるってことじゃないか）

第二王子との話は結界石のおかげで外には漏れなかったと思うが、それでもかなりクルものがある。

「これだから精霊ってのは」

「いや普通、こういった場合は管理者が見ている可能性は考えたほうがいいのでは？」

「いつもの迷宮と同じつもりになっちまったね」

少々やさぐれた気分で口調を戻すと、第二王子が宥《なだ》めるように話す。

「まあ、普通はなかなか迷宮主になんて会いませんから」

「生意気だね。……ああ、さっきの話ね。あんたには悪いけれどご破算だからね」

「え、どうしてですか？　あなたにとっても悪い話ではないでしょうに」

「それはこれから教えてあげるさね」

(さあて、始めるかね)

ほとんどやけっぱちで老ノームへ向き直る。

「さて、待たせちまったね。それでノーム殿はその女性ノーム――」

「ドネラだ」

「はいよ、ドネラさんだね。そのドネラさんにつきまとわれて困ってる、ってことでいいんだね？」

そう断言すると、なぜか老ノームは口ごもった。

「いや、そのまあ、困ってるって言えばそうなんじゃが、ドネラも悪気がある訳じゃなかろうて」

「どっちなんだい？　ノーム殿はそれほどドネラさんを嫌っているってことじゃないんだね？」

しどろもどろな老ノームにずばり言ってやる。

(悪いけれど手加減はしないよ)

じれったいと思ったのもあるが、ここでキツい言葉を並べれば、第二王子も諦めてくれるのではないか、という考えもあった。

それからしばらく散々尋問し尽くすと、床の上に敷物のように伸びている老ノームが出来上がった。

「おい、アレはいいのか？」

「しぃっ！　迂闊に突っ込まないほうがいいですよ」

床に横たわる老ノームに同情の視線を向けながら第二王子が小声で話すが、すかさずゼフィルスが制止した。

（失礼だね。私は猛獣でも魔物でもないよ）

「結局は両想い、ってことでいいさね？」

腕組みをしながらそう言ってやると、老ノームから反論の声はなかった。

「いいかい？　私が思うに人が結婚相手に求めるものはね、大ざっぱに言えば三つだよ。それは安定、安心、信頼だよ。……聞こえてるさね？」

ぴくりともしない床の物体と化している老ノームに声をかける。

「……はい」

ずいぶん小さい声だが、一応は聞こえてるようだ。

「結婚っていうのは重大事項なんだよ。何しろこれで人生のほとんどが決まっちまうからね。まずは安定した生活基盤。精霊はともかく、この国では職のほとんどは男性しかできないから、家族を養える収入は大事さね」

床の老ノームと男性陣がうなずいたのを確認して私は続けた。

「だけどそれだけだったら、お貴族様以上の奥様だけが幸せな結婚生活を送れる、ってことになっちまうだろう？　もう少し頭を働かせな。食堂のおばちゃんは、いつもにこにこ笑顔じゃないかい？」

うっ、と黙り込んだ第二王子のほうをちらりと見てから私は話を続けた。

「家族を養える収入、ってのもそれぞれの身分によって違うだろ。お貴族様にはお貴族様の、平民には平民の暮らしがあるんだ。要はその暮らしを守れるくらいの収入を安定して得られるか、ってことになるさね。なんと言っても子どもを養わなくてはならないからね」

続けられた言葉に、男性陣がハッとしたように顔を上げる。

「次に安心。夕食を用意したのに無断で飲み歩いて午前様、とか。小麦の買い出しには付き添うと言って約束を平気で破ったり。些細なことだろうが、そう何回も約束をポンポン破られたら、ひとりでなんでもこなさなくてはならない、と少しも心が休まらない。いつ帰るのかずっと待っている間、何かよくないことに巻き込まれたのか、心配する時間が増えるだけだし」

(ちょいとキツいかもしれないが、結婚は恋愛とは違うからね)

「わかったかい?」

意図が正しく男性陣に伝わったことを確認してから私はさらに続けた。

「そして信頼。もちろん浮気なんざ論外さね。結婚したなら伴侶だけを愛さなけりゃならない。まあ、当たり前のことなんだけどね」

すると、政略結婚の多い王族の第二王子が床へ沈んだ。

政略結婚でも仲のよい夫婦はいるだろうが、王子となると王族としてのしがらみが多く、そういった場合は相手も割り切っていたり、お互いに浮気を黙認していたりすることもある。

続けてくずれ落ちたゼフィルスには、一応声をかけておく。

「どうしたんだい？　あんたは違うだろう？　ちゃんとこの娘だけを愛して――」

「もちろんです!!」

ゼフィルスは食い気味に肯定し、復活するが、それを快く思わない者がいるようだ。

「……ずるいぞ」

第二王子がつぶやく。

（おっと、ちょいと言いすぎたかね。まあでも、これで私のことは諦めてくれるといいんだけどね）

思わず笑いが込み上げてきたので、慌ててこらえる。薬で入れ替わった相手と婚姻なんてしても、いいことなどある訳がない。

（だけど、こんなふうに計算ずくでしか考えられないとはね。やっぱり王宮ってのは伏魔殿《ふくまでん》なんだね。まあ私なら陰謀策略が来ても動じないけどね）

「とまあ、そういう訳さね。さっき聞いた限りじゃ、ノーム殿は仕事はあるし、約束事には厳しいようだし、ほかへ目移りもしなそうじゃないか。ちゃんと結婚相手に望むものを満たしているのだから堂々と求婚してくるんだね」

老ノームは床の上でぴくぴくしながらも、なんとかうなずく。

「さあて、ここまでやってあげたんだ。あとはわかるさね？」

私はにっこりと笑って老ノームに手を差し出すと、間を置かずに手のひらに淡い光を放つ宝珠が乗せられる。

「これで第二層も攻略だね。あとは『裁きの間』とやらだね」

手のひらの宝珠を眺めながらつぶやくと、意を決したような表情でゼフィルスが声をかけてきた。

「この件が終わったら、すぐにでもあの『儀式』をお願いしたいんですが」

「おや？　まあそろそろかと思っていたけれどね。でも、どうして今それを言うんだい？」

「その顔で先ほどのような言葉はかなりこたえるので、できるだけ早く元に戻ってほしいんです」

どこかげっそりとした様子で言われてしまったが、よく考えるとそうかもしれない。

(たしかにこの娘の容姿でがんがん言うのは……キツかったかね)

「ちょいと弾けすぎたかねぇ。まあ、いいさね。この件が終わったらあの店へおいで。そろそろケリをつけようじゃないか。案内はつけておくさね」

私はゼフィルスの額に軽く指を当て、短く詠唱する。

(これでよし、と)

「決闘でもするようなノリで言わないでください」

少しうんざりしたようにゼフィルスが答えたとき、第二王子が不満げに抗議してきた。

「お前だけずるいぞ。ずいぶん親しげじゃないか。それと先ほどの求婚を受け入れてくれませんか？　今の条件もなんとかしますから」

とんでもない言葉を聞いて、私とゼフィルスの動きが止まる。

「今言うことじゃないさね」

「ちょっ、どういうことですか⁉　求婚⁉」

焦った様子のゼフィルスに私は説明してやった。

「落ち着きな。この娘にじゃないよ。この第二王子様は酔狂にも元の姿の私に求婚したのさ」

「はい⁉」

驚愕している様子のゼフィルスにざっと説明すると、何やら思案げな顔になる。やがて顔を上げ、思いがけないことを尋ねてきた。

「その薬を使っている間、キャンディ殿の身体はどんどん衰えているということですよね？」

「まあ、そうさね。それがどうしたんだい？」

「バレルエージ様の話ですと、こうやって令嬢の身体を使っている間、キャンディ殿の本当の身体は衰弱していく一方ですよね。それについて、バレルエージ様はどのようにお考えなのかと」

ゼフィルスの指摘に、第二王子が虚を衝かれたような顔になる。

「いやそれは……」

「もしかして何も考えてなかったのかい？」

その顔を見れば一目瞭然だった。

「……申し訳ない。説得に夢中になりすぎていたようだ」

思いもよらない返答に唖然としてそちらを見るが、どうやらそれは本当らしく、非常に気まずい表情をしている第二王子の姿があった。

「バレルエージ様。発言にはご注意ください」

ゼフィルスに注意されているその様は、先ほどまでの策略家のそれとはまったく違った印象を受け、私は思わず噴き出していた。何か策があると思ったが、そうでもなかったらしい。

（なんとまあ、思ったより子どもっぽいところもあるんだね）

気が抜けてしまう。同時に心の奥に沸き上がったむずがゆい感覚を押しやるように、わざと大声で笑ってやった。

「あははは!!　まあいいさね!!　わかったよ。私のことはキャンディ様とでも呼ぶんだね。第二王子……いや、バレルエージ様」

するとバレルエージはなぜかこちらを呆けたように見た。

「……笑った」

「バレルエージ様」

そう言うと、なぜかゼフィルスが恨みがましいような顔をバレルエージに向ける。

「ああ。すまないな」

「こうなったらできるだけ早く戻します。これ以上ややこしくならないうちに」

固い決意を込めたようにゼフィルスは宣言するが、私には彼の意図がさっぱりわからない。

「わかりました。それでは……キャンディ殿」

一体何があったのか、とゼフィルスに尋ねるより先に、バレルエージになぜか甘い雰囲気で呼ばれた。

「なんだい!?　薄気味悪いじゃないか!!　さっきのゴーレムに頭でもぶつけてきたのかい!?」

（絶対、今のは気味が悪くて、ちょっと動揺しただけさね）

そう自分に言い聞かせて、宝珠をバレルエージに渡した。

「ほらやるよ。とっとと行かないと、あの坊ちゃん王太子が首を長くして待ってるんじゃないかね」

そう言うとふたりはうなずき、ゼフィルスが辺りを見渡す。

「そう言えば下への階段は――」

「ほら。そこじゃよ」

ゼフィルスの発言を聞き、老ノームが槌《つち》を空へ振る。それが合図だったかのように、先ほどまで壁だった箇所に空洞ができた。

「そこを下りれば、『裁きの間』じゃ」

さっさと行ってくれ、と言わんばかりの老ノームに別れの挨拶をする。

「わかりました。ありがとうございます」

「それでは失礼いたします」

「ちゃんとドネラさんに求婚するんだよ」

(こういったことは大事だからね)

それぞれが別れの挨拶をするなか、私は念押しをした。

「わ、わかっておる」

老ノームが再び床へくずれ落ちたが、知ったことではない。

「……むごいな」

「しっ、聞こえますよ」

その一部始終を見ていたバレルエージたちが何やらこそこそ言い合っている。

「何か言ったかい？」

「「いいえ、何も」」

「……まあいいさね」

（なんでそこで声が揃うんだか。まるでこっちが悪者みたいじゃないかい）

そんなことを思いながら階段を下りると、ちょっとした広間ほどの大きさの空間があった。中央に置かれた台に何かが載っている。

「あれは……天秤か」

ゼフィルスがつぶやく。

その視線の先に目を向けると、台に載せられていたのはだいぶ年季の入った天秤だった。

「これに宝珠を載せろ、ってこったね」

こっそり『鑑定』をかけると、どうやらこの宝珠は記憶媒体らしく、それも王族の者がそれにふさわしい行動をした際に加点される仕組みになっているらしい。

お互いに得た宝珠をそれぞれの皿へ載せ、それで裁定を受けるのだろう。

（それを量るのがこの天秤ねえ。どうやらこれも魔道具みたいさね。ずいぶんと手間をかけるじゃないか）

「兄上たちはまだ来ていないな」

先に宝珠を載せていいのか、待つべきなのか相談していると、鳥の羽ばたきの音が聞こえてきた。

「これは――」

音がしたほうを振り向くと、白いカラスが飛んでいた。迷宮の中へまで現れた白いカラスに、バレルエージが言葉をなくす。

白いカラスがくちばしを開いた。

「アレンが失格となったため、『裁きの間』での判定は不要となった。よってバレルエージ、そなたが勝者だ。天秤に宝珠を載せなさい」

その言葉に私たちは目を見開いた。

「……失格、って」

「どういうことだい？」

「何をしたんだ兄上」

(坊ちゃん王太子が何かしでかしたのだろうが……なんだか気が抜けるねえ)

そう思ったのはバレルエージたちも同じだったらしい。あとから事情はわかるだろうと、気を取り直すように彼は咳払いをしてから、宝珠を天秤に乗せた。

ふたつの宝珠を載せた皿が大きくかたむく。

それを認めた白いカラスが重々しくうなずいた。

「バレルエージの勝利を認める。帰還せよ」

その言葉が発せられると同時に転移陣が床に現れ、私たちは転移したのだった。

閑話　王太子の末路

——時は少しだけ前にさかのぼる。

ぺし、と擬音が聞こえるほどの勢いで、俺たちは転移陣から弾き出された。

「アレン様、失格です」

無情な神官長の宣言に俺は言い返す。

「やり直しだ!!　こんなこと納得できない!!」

「俺もそう思います。なんであれだけで追い出されたんですか!!」

マシューも叫ぶがテルムだけは、ぼそり、とつぶやいた。

「女性の恐ろしさを知らなすぎだよ、ふたりとも」

「ろくな戦闘もしてないんだ!!　やり直しを要求する!!」

テルムの発言を無視し、俺は第一層での出来事を神官長に語りだす。

そこには、非常に麗しい水の精霊ウンディーネが待っていた。

うっかり年を聞いてしまい、誰かが『それってババア……』とつぶやいてしまっただけなのに、失格になったのだ。

その話を聞いて皆がなぜか絶句しているが、俺は叫んだ。

「あんなの卑怯だろうが!!　というか『まだ四百歳にもなってない!!』って一体いくつならオバさんに――」

「そこまでにしてください」

非常ににこやかな顔で神官長が俺の言葉を遮る。

場の温度が一気に下がったようだった。王族の言葉を遮るとは、という問題以前に、普段は穏やかな神官長の変貌に驚きを隠せない。

ちらりと周囲を見渡すと、オナシス侯爵が父上を庇って壁際に避難している。ルキシナール公爵、マンゼラ公爵たちも同様であった。

どういうことだ？　と状況を把握できないでいる俺たちに、神官長がにっこりと告げた。

「神官が人とは婚姻できないことはご存じですよね？」

「ああ」

「では、精霊とはその限りではないこともご存じでしょうか？」

神官長がそう告げた途端、危機を感知する力が強いのかテルムが一瞬で壁際まであとずさった。

「ん？　テルムどうした？　というか何が言いたいんだ、神官長？」

「ウンディーネは私の伴侶なのですよ。……少しばかりお話し合いをしましょうか？」

「――っ！」

神官長の『お話し合い』という静かな嵐が吹く中、俺とマシューの声にならない悲鳴が響き渡る。

そのときだった。

「ガハハハッ!!　暴れ足りないから来てやったぞ!!」

突然、目の前に炎の魔人イフリートが現れる。

「え？　バレルエージたちは倒さなかったのか？」

俺の口から思わずこぼれ出た疑問に、イフリートが堂々と答えた。

「なんだ知らぬのか？　あそこで本当に倒されるような者などおらんよ。それより、せっかく必殺技を用意してやったのだが、充填が終わる前にやられてしまってな。暴れ足りないから誰か相手を頼む!!」

思わぬ展開にほとんどの者が順応できないようだったが、ひとりだけ冷静な者がいた。

「それでは、戦いがいのある相手を用意すればよろしいのですね？」

神官長がイフリートに尋ねる。

「そうだ!!　できれば強い奴がよい!!」

「かしこまりました。では、とてもお強い相手を。本当によろしいですか？」

「そんな相手がいるのか!?　願ってもないことだ!!」

そのやり取りをはらはらしながら見守っていると、神官長がとんでもないことを言い始めた。

「ええ、私の伴侶です。今は『星の宮』から移動して、カナン湖にいるようですね」

「おう!!　そうなのか!!　しかし、よいのか？　お主の伴侶をぼこぼこにしてしまうかもしれんぞ？」

「お気遣いありがとうございます。ですが、とても強いので大丈夫ですよ」

「そうか!!　わかった!!」

上機嫌で笑ったイフリートは次の瞬間、姿を消した。

「いいのか？」

思わず神官長に尋ねてしまう。イフリートへの対応としては間違っていないのだろうが、ウンディーネは彼の伴侶だと言ったではないか。

「ご心配には及びません。彼女は強いですよ」

にこり、と微笑むその顔はウンディーネの勝利を確信しているようだ。

「まあ、神官長がそう言うなら……」

先ほどの『お話し合い』で、最愛の伴侶だというウンディーネの美点をこれでもかと並べられ、あちらが納得するまでのろけられたので、ここで口を挟むことはしなかった。

「……もう俺には関係ないのか」

力なくつぶやくと、さらなる追い打ちをかけるようにテルムが口を開く。

「この『星の宮』で俺たち失格になったんだから、バレルエージ様が王太子、ってことになるんだよね」

さらりと言ってのけたテルムに、マシューが恐ろしいものを見るような視線を向けた。

「……お前、時々キツいよな」

「なんのこと？」

きょとん、としているテルムと頭を抱えているマシュー。

そんなふたりを見ながら、俺は一体どこで何を間違ってしまったのだろうと思った。

王太子として人々に傅《かしず》かれるのは当り前で、これからもずっと続いていくものだと認識していた。

王族——特に王となる者は最も尊き存在であるから、それに対し逆らう者など存在しない。

そう言ったのは誰だったか。

王族とは、王太子とは、と周りに言われたことを守ってきたはずだったのに。

「俺はもう王太子ではないのか」

誰に聞かせるでもなく、俺は力なくつぶやいたのだった。

第五章　星の宮の決着

私たちが王宮の転移陣の間へ戻ってくると、辺りは一変していた。荘厳な柱は崩れかけ、壁には蹂躙を尽くしたとばかりに歪《いびつ》な凸凹が刻まれている。

「何が――」

思わず叫ぶと同時、すぐそばで風を切る音がした。

「ソイルウォールッ!!」

とっさに土壁を出し、突然襲ってきたかまいたちとなんとか相殺《そうさい》する。

周囲を見渡すと、オナシス侯爵が国王陛下を庇うように前へ出ている。とっさに防御壁を張ったようで被害はないようだ。

「へえ。土は風に弱い、って決まっているのに。そこまでできるなんてすごいね」

子どもの高い声がして、そちらを見る。そこには長く白い髪をふわふわと空に浮かせ、さらには自身も浮かせた少年がこちらを楽しそうに見ている。

（……これはまた）

私はすぐに礼を執り、視界の端で状況把握に努める。

「これは風の精霊様。初めまして、コッペリア・マルドークにございます。加えて突然のご訪問、誠に痛み入ります。お声をかけていただき僥倖《ぎょうこう》にございますが、此度はどのようなご用件でおいでくださいましたのでしょうか？」

「へえ。ずいぶんと丁寧な答え方をするね。壁に埋まっている彼らとは大違いだね」

風の精霊——シルフ様が顎をしゃくったほうを見ると、壁に人型と思しきものがついていた。おそらく坊ちゃん王太子たちだろう。

「殺してはないよ。別にそうしてもよかったんだけどさ。なんか彼の防御壁が間に合っちゃったみたいでさ」

発言に不穏なものを感じたが、彼、とは一体誰のことなのか。

「「「神官長!!」」」

瓦礫《がれき》の下に埋まっている神官長の姿があった。

「あれが神官長なんだ？　一瞬で決めるつもりだったのに、人にしてはすごいよね。三人分の防御壁を張るなんてさ。だけど……もう飽きちゃった」

そう言って、風の精霊様は神官長のほうを向き、再びかまいたちが現れる。

私が慌てて防御魔法を展開し……ようとしたとき、新しい声がした。

「私の最愛の人に何するのよ」

神官長へ向かったかまいたちが水の壁に弾かれる。それから青みがかった銀の髪が空へ揺れ、しなやかな女性の肢体が現れた。

麗しい水の精霊ウンディーネ様だ。

この国では神官は人とは婚姻できないが、精霊とはその限りではないと聞いたことがある。最愛の人という言葉を聞くに、水の精霊様は神官長の伴侶なのだろう。

「なんだよ、おばさん。俺、今おもしろいとこなんだから邪魔しないでよね」

風の精霊様がつまらなそうに返した瞬間、ぴき、と場が凍りつく。

成人している女性なら誰もが言われたくない、いや、決して言ってはならない言葉である。

「……久しぶりね。風の坊や。どうやらお仕置きが必要なようね」

とても低い声に男性陣から、ひっ、と声が漏れる。だが、水の精霊様はおかまいなしに、水の矢と槍を風の精霊様目がけて放った。

「私の最愛に手をかけた挙句、その言い方!! 覚悟はできているんでしょうね!!」

「なんだよ、あんた俺よりずっと年上なんだから本当の――」

その先の言葉は、水の衝撃音によってかき消される。

水魔法は凡庸だと捉える者もいるようだが、使い方次第では錐状にして板に穴を開けたり、水量のみで城壁を崩したり、と威力は計り知れない。

それを水の精霊であるウンディーネ様が全力で使うとどうなるか。

ありえない程の水が現れ、みさかいなしに襲い掛かってくることになる。

「ソイルウォールッ!! く、追いつかない!! あんたらも早く!!」

つい素の口調でバレルエージたちに指示すると、彼らは防御魔法を展開した。

「「ソイルウォールッ!!」」

ふたり分の魔力が加わった土壁が作られるが、防ぎきれるかどうかは微妙なところだった。

「あんたみたいな子どもに何がわかるってのよ!!　たかだか遊び相手がいないくらいで拗ねちゃって!!」

「拗ねてない!!」

水の精霊様の挑発に、風の精霊様が勢いよく叫び返す。そして、特大のかまいたちが室内を蹂躙する。

「ソイルウォールッ!!」

風に対して火が効果を発揮すると、頭ではわかっている。

しかし、防御魔法には細やかな魔力操作が求められるため、どうしても使う属性が限られてしまう。あちらこちらで土壁が作られるが、次から次へと現れるかまいたちと水の槍によってひび割れがいくつもできた。

「これじゃあ持たないね。ったく、どうしていきなりこんなことになってんのさ」

崩れかけた土壁を魔力で修復しながらそうぼやくと、ゼフィルスが叫び返す。

「そんなことを言ってる場合じゃないですよ!!」

そのとき、水の精霊様の悲鳴が聞こえた。

「最愛の方!!　しっかりして!!」

瓦礫《がれき》が邪魔でよくわからなかったが、かまいたちの余波でも当たってしまったのか神官長の具合が悪化しているようだ。

水の威力が落ちたところで、風の精霊様が、あは、と笑った。

「なんだい。そのおじさん、もうダメなの？　もっと遊びたかったのにな。それなら、これで終わり――」

そう言って上げた片手に風の魔力が集まっていく。

「ファイアーランスッ!!」

第二王子の詠唱にゼフィルスも続く。

「ファイアーアローッ!!」

「ファイアーネットッ!!」

もちろん私も。

各々《おのおの》の火魔法が風の精霊へ向かう。

「何っ……!?」

風の精霊様が戸惑ったようにつぶやき、私は即座に魔法を展開した。

「ファイアーホールドッ!!」

炎の手が現れ、風の精霊様を捕らえるが、最大出力でやっとというところ。私はさらに魔法を展開させ、炎の形をロープ状にして拘束した。

そのとき、国王陛下が風の精霊様に声をかける。

「我、汝《なんじ》との契約者なり。改めて問う。汝《なんじ》の望みは？」

「だから、俺と一緒にいろんなことしてくれる相手がほしかったの!!　ずっと退屈だったからさ!!」

その言葉を聞いて思わず遠い目になりかける。だが、「ああもう!! 誰か助けてよ!!」と水の精霊様の叫び声が響きハッとする。

「……仕方ないさね」

私は風の精霊様が落ち着いたのを確認してから術を解く。あとは国王がなんとかしてくれるだろうと、水の精霊様と神官長のほうへ近づいた。

「あなた、あたしの最愛の方を治せるの!?」

「水の精霊様。それは診てみないと、はっきりとはわかりません。ただ、その前にこの場にいるすべての者にこのことを口外しないという契約魔法をお願いいたします」

そう断りを入れると、場に緊張が走ったようだった。

「まさか陛下にもそれをかけるのか?」

「いいわ。それより早く診てあげて!!」

オナシス侯爵が論外だという口調で言うが、水の精霊様がそれを遮った。すぐに水の魔力が広がり、この場にいる者たちはこれから起きることは口外できないと理解させられる。

「ご配慮ありがとうございます。それでは水の精霊様、神官長を診せていただけますでしょうか」

「ええ」

水の精霊様は魔法で柔らかな緩衝材つきの寝台を作り、腕の中に抱えていた神官長をそっと横たえる。

神官長の意識はなく呼吸はかすかで、手足がありえない方向へ曲がっている。早く治療が必要なことは明白だった。

「どうなの？」

急かすように水の精霊様に問われる。

私は慎重に神官長の身体を診てから、呼吸を整える。そして。

「――大地を照らす光、緑の息吹《いぶき》に宿る光、水の中に潜む光、炎としてある光、月を満たす光、陽の元となる光の守護よ。ここにあれ」

指先から生み出された柔らかな金色の光が私の全身に広がり、そして神官長のほうへ向かっていく。

聖女はどこの国でも稀有《けう》な存在である。このブルマン王国にも先々代の王のころには聖女が存在していたようだが、現在国内で聖女は確認されていない。

もしそこに聖女の素質を持つ女性が現れたなら――

(ゼフィルスにはすまないことをしちまいそうだね)

「……奇跡だ」

そのつぶやきは誰が発したものか。

その場にいた者の想いを代弁していて、誰が発したとしてもおかしくない言葉だった。

「……ここは？」

あれほどひどかったけがが消え、神官長が目を開ける。状況を理解しきれないのか、困惑気味だ。

「よかった!!」

興奮した水の精霊様が神官長に抱きつく。

「え、私は――」

「具合は大丈夫？　痛いところは？　あるならそこの聖女に治してもらうけれど？」

「なぜあなたがここに？　それに我が国に聖女はいないはず――」

「なぜって、あなたがひどいけがをしたからじゃない!!　あなたのことならなんでもわかるんだから!!　それに……あ、もう大丈夫みたいよ。ありがとう聖女」

突っ込みどころがいろいろあるが、水の精霊様に感謝の言葉を投げかけられる。

「もったいなきお言葉でございます。水の精霊様」

私はかしこまって答えた。すると、その言葉を聞いて神官長が驚きと称賛を込めたような視線を向けてくる。

「……マルドーク公爵令嬢殿。あなたは聖女にございますか」

神官長が慌てたように寝台から降りようとする。

聖女はその治癒能力に加え、神の加護を与えられた稀有《けう》な存在であることから、神官長より上の地位を与えられているからだ。

「どうかそのままでお願いします」

それを押し止めると、神官長は恐縮したような態度をとる。

「しかし」

「このたびのことはたまたま起きた『偶然』にございます。たまたま聖女の能力を『偶然』にも『一回』だけ発動させることができた、それだけのこと」

丁重な口調の中にも明らかな拒絶を込めた。しかし神官長はやはり何か言いたげで、私は念押しとばかりにバレルエージに向かって告げる。

「そうでございますよね、第二王子様、いえ王太子殿下となられたバレルエージ様」

そう言うと、ハッとなってみんながバレルエージを見た。

あまりにも逸脱した事態が多発し忘れかけていたが、『星の宮』の試練で王太子はバレルエージに決まったのだ。

悔しげに見る者、固唾《かたず》を呑んで見守る者、それぞれの反応にバレルエージは動じずにうなずく。

「ああ。マルドーク公爵令嬢。今回のことは、たまたま起きた『偶然』だ。そうですよね、陛下」

「だがな、バレルエージ」

バレルエージが問いかけると、国王陛下は微妙な表情をしながら反駁《はんばく》を加えようとする。するとバレルエージは素早く近づいて二言三言、何かを囁いた。

「なっ、お前――」

「よろしいですよね。『偶然』で」

この様子を見ながら、私はやっぱり策略家じゃないかいと思った。

おそらく国王陛下は精霊たちの悩み事を解決する意味も込めて、今回『星の宮』を開いたのだろう。

——伴侶との惚気《のろけ》を聞いてほしい相手にはその話し相手を。

——遊び相手がほしい者にはその遊び相手を。

——恋愛相談の相手がほしい者にはその相談相手を。

——好戦的な者には闘いの場を。


呆れたものだが、理にはかなっている。

(だけどそこへ放り込まれたほうからしちゃ、たまったもんじゃないさね)

そこをバレルエージは突いたのだと思う。

「こりゃしばらくはこの国も安泰そうだね」

取り乱した様子の国王陛下に、どこかしたり顔のバレルエージを見ながら私はつぶやいた。

こうして、『星の宮』での王太子対決は幕を閉じる。

バレルエージの王太子としてのお披露目は、諸々の手続きが終わってからとなった。

また、坊ちゃん王太子ことアレンは王太子から退き、王宮から一番離れた西の離宮に幽閉されることが決定した。

幽閉にはふたつの理由がある。

ひとつは、下手に王族として表舞台に顔を出すと周囲に利用されかねない、と判断されたからだ。

そしてもうひとつは水と風の精霊様を怒らせてしまったため、彼らの眷族に手を出されないように保護するためらしい。

アレンの幽閉に対して、神官長の首にしっかり腕を絡めている水の精霊様がきっぱりと告げる。

「まあ、私はあれくらいで根に持ったりしないわよ。今は最愛の方がいるし、幸せなんだから」

それに対して風の精霊様もうなずき、口を開く。

「俺も怒ってないよ。最初に会ったときものすごい子ども扱いされたうえに、精霊だって言ってんのに信じてないし。やっと理解したと思ったらおかしな敬語で対応してくるし。ちょいと風の声で眷族に流してやろうかくらいは思って――イテッ、痛いよ、おっちゃん」

私たちが第一層で出会ったイフリート様が現れ、風の精霊様にげんこつを落とす。

「子どもは元気が取り柄だと言っても、人相手にアレはやりすぎだろう」

（イフリート様が常識人に見えるってどういうことだい）

水と風の精霊様を怒らせた、という点ではマシューとテルムについても同様で、彼らも表舞台から離れることになった。

「仕方ないよね。俺たち結局なんの役にも立てなかったし」

「自分で言うなよ、こっちにも被弾するだろう」

ふたりはげんなりした様子で語った。

このような事態になったのには王族側にも責任の一端があるということで、彼らは僻地に警備兵と書記官として赴任することになった。

表向きはそうだが、そのまま学園を中退してのことであり、事実上の厄介払いだ。

——精霊たちの感情を人間のそれと同一化してはならない。彼らの言葉に『絶対』はないのだから。

怒っていないというのは精霊たちの基準であり、本当に怒っているのなら街のひとつやふたつが簡単に消えることになる。そして彼らの場合、事後報告が多い。

『なんとなくイラっときたから消しちゃった』とにっこり笑ってとある街の水源が消えたことだってあるのだ。

どこかげっそりした表情でそう話した神官長に反論する者はいなかった。

神官長の言葉を聞いたウンディーネ様がさも心外だというように顔を向けた。

「あら私、あなたのことは一生愛してあげるつもりよ」

「誠に光栄でございます。水の精霊様」

『星の宮』の試練が終わり、私としてはコッペリアのためにいろいろと言っておかなければならないことがある。

まず、この先聖女として生きるつもりはないことを告げ、次にゼフィルスのほうを見た。

「このような場で恐縮ですが、私コッペリア・マルドークはゼフィルス・オナシスと婚約したことをご報告させていただきます」

先手を打った私にゼフィルスが目を見開く。

「マルドーク公爵からそのような話は上がっていない。そもそも貴族の婚姻は主にその家の当主が決めるのが決まり。令息や令嬢が決めるなど、聞いたことはないが」

オナシス侯爵がやんわりと宥《なだ》めるように言う。

(まあそうだろうね)

この国唯一の聖女とわかったのだ。オナシス侯爵は宰相として、なんとしても王太子となったバレルエージとの婚約を結ばせたいところである。

だが、契約魔法があり、聖女だと口外することはできない。一度アレンに婚約破棄された彼女を聖女の件なくして、再び王太子の婚約者とするためには、周囲を納得させるために策を練る時間がほしいところである。

私はにっこりと笑って答える。

「もちろんですわ。これはただの公爵令嬢の戯言ですわ。けれど、もし先の契約魔法に関連する治癒の話を口外しようとする際には、この令嬢の戯言もその契約魔法の内に含まれていると思っていただければ、と」

もし聖女の要素のみを取り上げて、バレルエージと婚約させようという魂胆ならば思い出してほしい、という牽制《けんせい》だった。

自分の想いはゼフィルスにある、という意思表示にオナシス侯爵が複雑な表情で息子を見た。

「ずいぶんと愛されているようだな」

「……ありがとうございます」

私の正体を知っているゼフィルスとしては素直に喜べないらしい。

(まあ、万が一コッペリアが第二王子と、なんてことにならないための保険さね)

後日、ゼフィルスの婚約に思わぬ制約がつく。

――王太子バレルエージの側近候補であるゼフィルス・オナシス侯爵令息は、王太子であるバレルエージの婚約がまとまるまでは、婚姻を結べないこととする。


それぞれの思惑が重なったのは間違いなかった。

王太子よりも先に側近のゼフィルスが婚約などとんでもない、と一応理にかなっているように見えなくもないが、なんのことはない。国王陛下たちは、コッペリアがバレルエージの婚約者にふさわしいという土壌を作るための時間稼ぎをしたいのだ。

「こりないね。まったく」

私は生徒会室で山のように積まれた書類をさばきながら思わずそうぼやいた。

「どう考えてもあなたをバレルエージ様の婚約者に据えたい、としか思えませんね」

ゼフィルスも安定した速度で書類を処理しながら応じる。

「その件に関しては本当に申し訳ない。俺が止める間もなかった」

当事者であるバレルエージは謝罪した。

「まったくさね。副会長殿」

『星の宮』の一件以降、坊ちゃん王太子たちは退学処分となったため、新たな生徒会長には副会長だったゼフィルスが繰り上がり、副会長はバレルエージ、そして書記は引き続きコッペリアが務めることになった。

なかなか減らない書類の山に苦戦している中、バレルエージが口を開く。

「マイルズたちも引っ張ってきていいかな？」

マイルズ・エクトワール侯爵令息はバレルエージと幼なじみで、当初は彼のほうが有力な側近候補と言われていたのだ。

「そのほうがいいかもしれませんね」

ゼフィルスが答える。

「それじゃあ早速」

話がまとまり、バレルエージが立ち上がろうとしたとき、私は声をかけた。

「盛り上がってるとこ悪いけれどね。それは私が還ってからにしてくれないかい」

ふたりの手がぴたりと止まった。

「それは」

「どうして今なんです？　この問題が落ち着いてからでも」

(何、甘えたこと言ってるんだか)

とっさに引き止めてくるふたりに鋭い声で言ってやる。

「もともと私がこの身体にいるのは、この娘を休ませるためさね。私が還って何か不都合でも出るのかい？」

「しかし、今の状況では、マルドーク公爵令嬢には荷が勝ちすぎているので――」

「そんなことは知らないさね。どちらにせよ、そろそろ戻さないと、この娘も迷子になっちまう。今がちょうどいいんだよ」

そこで言葉を切ってから、ゼフィルスのほうをまっすぐに見てずばりと突っ込む。

「お前さんだっていい加減、この娘に会いたいだろう」

「……」

図星を指されたようでゼフィルスは何も言えなくなる。

「そうだ、どうしてまだキャンディ殿の店へ行ってないんだ？」

バレルエージがゼフィルスに問う。

「いえ、その……」

「お前はマルドーク公爵令嬢が戻るのを心待ちにしていたよな？」

歯切れの悪いゼフィルスの返答を聞き、バレルエージはさらに追及する。

するとゼフィルスは、ちゃんと戻った私に対して礼を述べたいが、なんとなくそれはできないような気がして……とかなんとか言う。

どうやらコッペリアが戻ると同時、私がこの街から消えるのではと考えているらしい。

(直接会って礼でも言いたいなんて、義理堅いこったね。本当はコッペリアに戻ってきてもらいたいだろうに)

そこまで考えて、違和感を覚えた。

(……店に行かない理由は、まだ何かあるさね)

「その、なんとも言い難い勘めいたものが働きまして――」

「とっとと白状おし。それ以外にも何かあるさね？」

う、とゼフィルスは言い淀むが、私はここで手をゆるめるほどお人好しじゃない。そして、私の剣幕に気圧《けお》されたのか、ゼフィルスが怒らないでくださいよ、と前置きしてから話し出した。

「……もしかしたらここにいるのは、マルドーク公爵令嬢の内のもうひとりの人物なのではないか、と思えてしまって」

「「は？」」

私とバレルエージの声が重なる。

ゼフィルスによると、ただの薬売りがここまで上級貴族の礼儀作法を覚えているとは信じ難く、コッペリアの別人格が現れたと思ったほうが腑に落ちると言う。

「突拍子もない話だとはわかってるんです。でも、一度そう思ってしまうと、そうだとしか考えられなくなってしまって」

早く元に戻ってほしいという思いと、もしかしたらここにいる私がコッペリアと同一人物（！）なのかもしれないという可能性とで迷っているらしい。

（なるほどね）

そこで私はバレルエージのほうを向いた。

「なんだい。この子には何も伝えてなかったのかい？」

「あなたに関することですからね。そう易々と口には出せませんよ」

バレルエージはどこか不貞腐れたような表情を見せた。聖女の過去を知る彼は、ゼフィルスに何も教えなかったらしい。

ぽかんと口を開いて、私たちを見るゼフィルスに教えてやる。

「私はちょっとした縁でね、貴族の礼儀作法には通じてるんだよ。これでいいかい？」

「はい!?」

驚愕の声を上げるゼフィルスを横目にバレルエージを睨むと、苦笑しながら問われた。

「戻ったあと、あなたはどうされるんです？」

「どうするも何もないさね。これまで通りになるだけさね」

(どうって、まあ、もちろんこの街から去るさね)

息をつくように嘘を並べるが、気づかれないだろうか。

「では、まだこの国にいてくださるんですね？」

いささか食い気味に確認をしてくるバレルエージに、少しだけ表情が変わりそうになる。

(ここを去るって決めているのに、私も未練があるのかね。それにしてもバレルエージはどうしてそこまで私に執着するんだか)

その執着が少しだけうれしいと思うのはいけないことだろうか。

私はわざと呆れた声音《こわね》で返した。

「当たり前じゃないか。私はここで商売しているんだ。そう簡単に河岸《かし》を変えたりしないさね。……って、なんだい？」

「いえその、この間の意味深なやり取りからして、すぐにでもいなくなってしまうのかと思ってしまって」

ゼフィルスがどこか懇願するように聞いてきた。

ここは少し矛先を変えよう、と違うエサを投げてみた。

「いやね。あの感じだと私を攫って無理くり既成事実、とか思っての用心だったんだけどね。この国は平和だね」

そう言うと、ゼフィルスとバレルエージが文字通り飛び上がった。

「バレルエージ様、まさか」

「ないない!!　そうだよな!!」

後半は天井に潜んでいるであろう『影』へのセリフである。是、と天井の一部分の辺りから簡素な返答があり、バレルエージがほっと息をつく。

「まったく。とんでもない発想をしますね」

「この国は平和すぎるのさ。普通は聖女なんて言ったら、ほぼ強制的に王族と婚姻させられるからね」

私はさも当然だとでも言うように答えた。

聖女の価値を知る者なら真っ先に思いつく思考だ。国がどんな無理難題を吹っかけてくるのかと待ち構えていた。

だが、バレルエージの婚約がまとまるまでゼフィルスは婚姻できないという条件は、私からしたらあまり大した障害ではないので、今が頃合いだと思う。

(杞憂だったね。というか私も甘いね)

私は殊更明るい声音《こわね》でゼフィルスを促す。

「さて、そうと決まったらさっさとやっつけちまうよ。書類は今日はもうこの辺にしときな。さくっと終わらせてくるんだよ」

「案内はしてくれないんですか?」

一緒に行けばいいのだろうが、そんなことをすればこちらの思惑がバレてしまう。

「最初はそのつもりだったんだけどね。話が変わったからさね。私はこのまま公爵邸へ行くよ。ちゃんとやるんだよ」

(私には森の奥での隠居生活が待ってるんだからね)

念を押すように言うと、バレルエージが食い下がってきた。

「俺にも入店許可がほしいんですが」

(何を言ってるんだか)

今一番ついてきてほしくない人物である。

「お断りだね。あんたにはなんの意味もないじゃないか」

一蹴したが、バレルエージは引き下がらない。

「見届け役ということで」

「いらないよ」

「そこをなんとか」

「なんとかもかんとかもないよ。この話はしまいだよ。それじゃあ、健闘を祈るさね」

(ちと名残惜しいけれど、ここで見納めさね)

この先、私がいなくても彼らならなんとかしていくだろう。

少しだけ寂寥感《せきりょうかん》を覚えてしまったのは気のせいだと思うことにした。

「ごきげんよう」

有無を言わせない口調で暇《いとま》を告げ、完璧なカーテシーを披露する。

(これでいいんだよ)

生徒会を出て、背を向けて歩き出す私に声はかからなかった。

♠ ♠ ♠

夕闇が迫り、昼と夜との境が曖昧《あいまい》になるころ。

俺、ゼフィルスは店にいた。

中は暗く狭く、そこに寝台があるのがやっとわかるほどだ。香炉から漂う香に気を取られていると、かすかな呼吸音を聞き逃しそうになった。

慌てて前かがみになり呼吸音を確認する。

それはきちんと規則正しく聞こえ、ほっと息をつく。

寝台に横たわる人物は小柄でだいぶやせて見えているが、骨ばった体躯《たいく》のところどころに丸みを帯びていることから、女性だとわかる。

キャンディ殿は俺に気を遣ったのか、それとも何かの呪いなのか、顔は白い綿布で覆われ上の半分はわからない。

俺は深呼吸をしたあと、唇へおもむろに顔を近づけた。

『儀式』は滞りなく終わった、そう思った。しかし。

「……どういうことだ？」

気がつけば、俺はいつの間にか平民街の込み入った路地にいたのだ。

第六章　過去の系譜

私、コッペリアは夢を見ていた。

優しい目で婚約者のアレンが見つめてくる。

「君と出会えてよかった」

「そんな。私のほうこそ……」

甘い眼差しを向けられ、何も言葉が返せなくなってしまった私にアレンが微笑む。

「かわいいな」

（え？　アレンがかわいい、って？　私のこと？）

うれしさよりも戸惑いが先に立つ。

「どうしたんだい？　……やっぱり急に来てはいけなかったかな？」

「いえ……」

彼ってこんなふうだったかしら？　と違和感を覚えながら返すと、突然目の前の風景ががらっと変わり、王宮の大広間での舞踏会にいた。

「きれいだよ、コッペリア」

アレンは諸侯への挨拶回りが終わると、すぐに私のところへ戻ってきてくれた。まるで私だけしか目に入っていないかのように振る舞う。

「愛している」

広い庭園が臨めるバルコニーでの愛の告白はとても素敵でうれしいはずなのに、戸惑いしかない。

――これは、ずいぶん前に願っていたこと。

アレンに冷たくされる日々を過ごし、舞踏会のときにバルコニーで告白されたらどんなにいいだろう、とずっと前に思ったことがあった。

では、今目の前にいるアレンは……

「やれやれ。勘のいい子には困ったもんだね」

どこかで聞いたような声がして、目の前の景色が再び変わった。

王立学園の教室で、いつものようにアレンに書類整理を頼まれている私が見える。

『書類の整理を手伝え？　お断りいたしますわ』

自分の口から出たとは思えない言葉だった。

『今なんと言ったんだ？　コッペリア』

『お断りいたします、と申し上げました。もうよろしいでしょうか？　授業の支度がありますので』

信じられないとでも言いたげな表情のアレンに、私はそっけなく告げた。

（……これは私？）

『いや、だがこれは王族ではないとできない類《たぐい》で――』

そんな重要な書類を遅らせる訳にはいかないと今まで手伝ってきた。いずれ私も王族の一員になるのだから、と。

そして、未来の夫の手助けができるという少しばかりの優越感があった。

『でしたら余計、私のような者に見せるのはだめなのでは？』

（この舌鋒《ぜっぽう》鋭く答える人が私なの？）

そう思いつつも、どこか爽快感を覚える自分がいた。

『これまでは手伝っていたじゃないか』

『ええ。将来、私はその一員になると思っておりましたから』

『なら――』

『ですが、もう私には関係のないことのようですから』

言い切ったその姿は、違う世界にいるもうひとりの自分のように見えた。こんなふうに言ってみたかったと思う自分はいけないだろうか。

そのあとも意思を曲げない私に対して、ついにアレンが叫ぶ。

『コッペリア・マルドーク公爵令嬢!!　俺はお前のような女とは結婚などしない!!』

アレンの癇癪に少しも動じず自分が出した答えは。

『かしこまりました』

そう言って、カーテシーをする。

これは本当に自分なのだろうか？　と疑問を浮かべると同時、あることに気がつく。

アレンに婚約破棄宣言されたのに、今私は何も感じていないと。

(どうして?)

「そりゃあ、身体が休まってきたからさね」

声がしたほうを見ると、そこにはややきつめの顔立ちをした美しい女性がいた。

銀色のまっすぐな長い髪に、意思が宿るような濃紺の瞳を持つ彼女は、光沢のある白い上衣をまとっている。その服は意匠こそ違えど、見覚えのある恰好で、彼女が聖女であることが察せられた。

慌ててカーテシーをしようとすると、女性に押し止められる。

「ああ。そのままでいいよ。もう私はそんな大層な存在じゃないからさ」

その蓮《はす》っ葉《ぱ》な口調に、まさか、と脳裏にある人物の姿が浮かび上がる。

「皆まで言わなくていいよ。この姿なのは表の顔と区別するためさ。今の私はただの案内役、『門番』さね。あんたは心を休めにここに来てるのさ。そのときに夢を見てもらうんだがね、あんたの場合はちと勝手が違ったようだね」

聞くと、私のようにこれは夢だと途中で気づく例もいくつかあると言う。

「本当はもう少しいい夢を見るはずなんだけどね。あんたは魔力が強いのか、なんだか私の力があまり及ばない気がするよ。でも、まだ選択肢はあるさね」

そう言う女性の背後にいくつもの扉が現れる。明るい橙、輝くような黄色、萌黄色、深紅に紫、とさまざまな色が塗られていた。

「過去の扉、主に子ども時代のいい思い出。ああ、もちろんいいところだけ抜粋してあるからね。

課題ができて褒められたとか、庭園で早咲きの薔薇《ばら》を見つけたとか。そして、未来への扉。あんたの将来の姿を見ることができるさね。さあ、どれがいい？」

女性の奥に目立たないように、ぽつんとひとつだけ扉があった。その漆黒の扉は楽しい夢を見たい者が選ぶ色ではないように思うが、なぜか無性に惹きつけられる。

「その黒い扉を選んでもよろしいですか？」

女性の片眉が上がる。

「それでいいのかい？　言うのを忘れていたが、色は内容に適応してるんだ。選び直すなら今のうちだよ」

まるで選び直してほしいとでも言いたげな口調に違和感を覚えながらも私はうなずいた。

「お願いします」

「わかったよ。いやになったら私を呼ぶんだよ。私は……キャンディだよ」

おそらく自分の名が気に入っていないのだろう、女性は苦虫を噛み潰したような顔で告げる。

「わかりました。キャンディ様」

キャンディ様が漆黒の扉のほうへ手を振ると、それが開いた。

「お行き」

私の意識は漆黒の扉へ呑み込まれた。

——その王国で十一年振りに認定された聖女は、まだ五歳の少女だった。

神殿側に大きな顔をされたくなかった王家は、少女に礼儀作法や教養を学ばせるためと言って神殿に家庭教師を送り込んでいた。

そのせいで少女は、神殿での祈りと勉強に一日のほとんどを費やしたが、苦にならなかった。

十歳になる婚約者の王太子のためになるのなら、と。

(……これは私の過去じゃない？)

どうやら私は少女の記憶を俯瞰《ふかん》して見ているらしい。気がつけば、必死に王国の歴史を覚える少女の姿に自分を重ねていた。

(まるで少し前の私みたい。……アレンのためなら、なんでもできると思っていた。この少女はどうなのだろう)

王太子が神殿に来る日が近づくごとに頬に赤みが差す少女。時間になるまで落ち着かないとでもいうように、人気《ひとけ》のない場所で手のひらを何度も開いたり閉じたりする。

少女が婚約者である王太子を慕っているのは一目瞭然だった。

だが、少女がほとんど一方的に喋り、王太子は表面上は取り繕うものの、その瞳は笑っていない。

どこか冷めた態度で応じているように見える。

(一体何が気に入らないのかしら？)

少女は純粋に王太子を慕い、勉学に励んでいる。ここまで想われて不満があるなんてありえない気がするのだけれど。

そんな私の疑問はやがて晴れる。

王太子には少女と婚約する以前に別の婚約者がいたのだ。元婚約者は王太子と歳が近く、とても美しい侯爵令嬢だった。彼女は生まれたと同時に王太子との婚約が決まったが、聖女である少女の登場によって婚約解消することになったらしい。

しかし、すべては大人の政略的なもの。婚約解消後も王太子は彼女に夢中のようである。

しばらくしてから、ようやく少女はそのことに気づき、王太子とのお茶会はまるで薄氷の上を歩くような緊張感に包まれたものになった。

そんな時間がどれくらい過ぎただろうか、やがて侯爵令嬢は新しい婚約者と式を挙げることになる。

それを機に王太子がその想いに区切りをつけてくれればよかった。

だが、事態は最悪のほうへ動く。

『ヨール公爵、……そしてヨール公爵夫人。結婚おめでとう』

王太子は結婚式で侯爵令嬢にそう告げた。言葉こそ寿《ことほ》ぎを述べているものの、声は硬く、強張《こわば》った笑みを浮かべていて、とてもではないが寿《ことほ》いでいるようには見えない。

『これはこれは王太子殿下自らの祝福、ありがたき幸せにございます』

ヨール公爵はできた人物らしく、少しの動揺も見せずに口上を述べた。

(なんてこと)

ありえない事態に私は頭の中が真っ白になる。

普通、貴族の結婚式に王族が参列することはない。花婿と花嫁が主役の結婚式に、上位の身分である王族が参列しては主役が霞んでしまうからだ。

（あの少女も参列したのかしら？）

そう思ってぐるりと辺りを見渡すと、神殿の隅に、以前よりだいぶ背の伸びた少女の姿があった。

（こっそり見ていたのね）

少女は真っ青になって彼らを見ている。

それは仕方のないことだろう。慣例を破ってもかまわないと思えるほどの想いを見せつけられてしまったのだから。


そして数年後。少女が十六歳になったときのことだった。

『彼女を助けてくれ!!』

神殿で祈りを捧げていた少女に王太子が懇願する。

『パトリシア、いや、ヨール公爵夫人が病を患《わずら》っているんだ!!　特効薬も見つからない!!　その聖女の力で彼女を治してくれ!!』

（無茶だわ）

聖女の能力には個人差があり、少女（もう立派な女性と言っていい年ごろだ）に治癒の能力はないはずである。

先に見た神殿の場面の中に『残念ながらあなたには治癒の能力はありません。このことは決して誰にも知らせないように』と言い含められている少女の姿があったのだ。

おそらく神殿側が王族側との力関係を考慮して、そのようなことを言ったのだろう。

『ごめんなさい。私に治癒の力はないのです』

正直に答えた彼女を王太子が怒鳴りつける。

『嘘をつくな!! お前は優秀な聖女なんだろう!! 俺がパトリシアばかりかまうから拗ねているだけなんだろう!! それについては謝るから彼女を治してくれ!!』

『申し訳ありません』

苦渋に満ちた彼女の顔を見れば嘘ではないとわかるはずだ。しかし、王太子は彼女を睨みつけたあと、癇癪を起こしたように祈りの間から出ていってしまった。

『もういい!! お前には頼まぬ!!』

残された彼女は縋るような表情をしていた。そして、諦観《ていかん》したなんともやるせない表情に変わり、中断された祈りを再開した。

数日後、パトリシアことヨール公爵夫人の葬儀に王太子が参列したと聞いた彼女は、歪《いびつ》な笑みを浮かべる。

『そう。そういうことよね』

誰もいない部屋で独り言のように紡がれた言葉にはすべてを諦めた悲哀が込められていた。

ここまで来れば私にもわかる。

どうあっても王太子の一番はヨール公爵夫人なのだ。それは決して変わることがない。それなのに、聖女は彼に嫁がなくてはならない。

そんな彼女の懊悩《おうのう》をよそに事態は動いていく。

王太子がヨール公爵夫人と同じ病にかかったのだ。すでにヨール公爵の領地では何百人という領民が罹患《りかん》しており、街を封鎖する騒ぎにまでなっていた。

『お願いいたします。聖女様。どうか王太子殿下をお助けになってください』

彼女に治癒の力がないことは極秘事項となっているらしく、王太子の側近ガレンや侍従たちが縋ってくる。王太子が横たわる寝台を横目に私はため息をついた。

（一体どうするのかしら？）

ふたつ国を隔てた国にいる薬師から、カヌカの実で作った薬がこの病に効くという報がもたらされたのはこのときだった。その国へ行くには、どれだけ急いでも往路でひと月はかかってしまう。

だが、この病は早くて七日、どう頑張ったとしても十日で死に至るものだった。

彼女は自分に治癒の力がないことを正直に打ち明ける。

そして、時止めの秘術を使う、と告げた。

『それでは聖女様には王太子殿下の病の進行を止めていただき、その間に薬を届けてもらうことといたします』

言うのは簡単だが、それを実行する者の立場からしたらどうなのだろうか。

時間はどんな身分のどんな者にでも平等にあるもの。

その流れを止めるのだ。

術を展開している彼女の顔色はどんどん悪くなっていく。食事も睡眠も取らずに術を使い続け、肌からは艶がなくなり、頬がこけ、彼女の時間が急速に進んでいるようだ。

しかし、急激に年をとったように変化していく彼女に頓着する者はいない。

(どうして誰も止めないの!?)

彼女が老婆の姿へ変わり果てたころ、ようやく薬を手にした小隊が帰国した。投薬され意識が戻った王太子は、傍らに傅《かしず》く彼女に向けて言う。

『お前は何者だ？　俺が婚約したのはこんな化け物じゃない!!』

王太子の言葉を皮切りに、周囲の人たちも姿が変わった聖女を罵りはじめる。

『この魔女め!!　よくも我々を騙《だま》してくれたな!!』

『そもそもこの病も本当はお前が持ち込んだんじゃないのか!!』

容貌が一変した彼女は次々と罵倒され、ついに国王の裁可が下る。

『元聖女キャンディ・マキシマム侯爵令嬢。お前を永久の国外追放とする』

(ひどい。こんなことって)

彼女は王太子にとっても王国にとっても恩人ではないのか。病魔に倒れていた王太子はともかく、周囲で王太子の世話をしていた者たちは、彼女が不眠不休で時間と戦っていた姿を見ていたはず。

憤る私の前で場面が変わる。

ほとんど身ひとつで国境を越えた彼女——キャンディ様は神殿で身につけた知識で身を立て、流れの薬売りとして生計を立てていく。

やがてとある街に流れ着いたキャンディ様はローブで身を隠し、得体のしれない老婆として細々と薬や薬草を売り、商いを始めた。

そのころには例の王太子が新しく紹介された公爵令嬢と婚姻を結んだという風の噂が届いていた。

それを聞いたとき、彼女の瞳は凪いでいた。もしかしたら、もうどうでもよかったのかもしれない。

(このまま穏やかに過ぎればいいのに)

そんなことを思っていると、キャンディ様の店にある女性客が訪れた。

『身を休める薬をください』

年のころは二十歳前後で、その服装から商人の奥方と思われた。

『商いならよそへ行きな』

このころになるとキャンディ様は蓮《はす》っ葉《ぱ》な口調が板についていた。

『いえ、そうじゃないです。私は……もう疲れました』

『なんだい?』

そのくたびれた様子にキャンディ様が問いかけると、女性はぽつりぽつりと話し出した。

長年婚約して、ようやく結婚した夫にずっと浮気されていたこと。また、夫は浮気相手が本命で、そちらと結婚したかったこと。

義母もその浮気相手のほうを気に入っていて、彼女には辛く当たってくること。

『夫は……いいえ、彼は私なんかと結婚なんてしたくなかったんです。先日ものすごくいやそうに、ただ家同士で決めたことだから、と言われてしまって』

仕方ないさね、とキャンディ様が身体を休める薬を渡そうとすると、彼女は意外そうな顔をした。

『あの、そうではなくて……』

口ごもった彼女の様子にキャンディ様が舌打ちする。

『まさか、あんた』

『私はもう疲れたんです。このまま一生目が覚めなくてもいいんです。そんな薬はありませんか』

懇願する女性にキャンディ様はため息をついた。

『どいつもこいつも身勝手だねぇ。……ちょうどいいのがあるけれど、本当に目が覚めなくてもいいのかい？』

『はい』

女性が力強くうなずくとキャンディ様は店の裏に回り、やがて液体の入った小瓶を持ってきた。

（あれは……）

見覚えのある瓶に私は息を呑む。

『これを飲んだらあんたは眠る。目覚めるには条件があるさね。下手をすれば一生眠ったままだよ。それでもいいのかい？』

『かまいません』

女性が薬を購入し店を出ていくと、キャンディ様はすぐに店じまいをした。

――そのとき、突然空間が揺らぐ。

「まだ見たいのかい？」

聖女の姿をしたキャンディ様が現れる。

「はい」

「ここから先はあまり見ないほうがいいと思うんだがね。いいかい、いやになったらすぐ私を呼ぶんだよ」

キャンディ様は念を押すように言い、ため息をつく。それでも私がうなずくと、その姿は消えた。

――再び空間が揺らぐ。

女性に薬を売った日、キャンディ様は早々に眠りについた。そして、薬を飲んだ商家の奥方（名をデイジーと言うらしい）に彼女の魂が宿った。

『売り上げの確認ですか？　先ほど終わりましたが』

『だったら次は仕入れ台帳の――』

『それはあなたがやってください』

商家の主人と思われる男性が尊大な口調で、デイジーに次の作業を言いつけるが、その言葉は遮られた。

『は？』

思いもよらない答えに、男性はぱかりと口を開ける。

『聞こえませんでした？　あなたがやってくださいと言ったんです』

普段とはまったく違う態度に、様子を見ていた店員たちは戸惑っている。

『何を言ってるんだ‼　これはお前の仕事だろう‼』

『では、あなたの仕事はなんですか？』

『それは寄り合いとか――』

『商談をまとめているのは私ですよね。帳簿付けも納品の確認もすべて私がしておりますが』

体裁もあるのか、男性が言い負かそうとするが、デイジーの言葉に押し負けていく。

『何を賢しらがっているんだ、これだから女は……血の道でも来たのか』

ネタが尽きたのか女性特有の症状を挙げて貶《おとし》めようとした夫に対して、デイジーは口の端を上げた。

『別に何もおかしくなどなっていません。おかしいのはあなたのほうでしょう。商人のクセに帳簿も読めない、商談もまとめられない、仕入れも把握していない、それでよく商売ができますよね』

『このっ!!』

挑発に易々と乗る夫は拳を振るうが、それをさっとよけ言葉を紡ぐ。

『あなたは本当はミリィと結婚したかった、とおっしゃっていましたよね。離縁しましょう』

『そんなことできる訳ないだろうが!!』

にっこりと微笑んで告げたデイジーに、怒鳴り声が降りかかる。

『なぜですか？　先ほどお義母様の了承は得てきました。もともと私のような嫁はいらないそうですから』

『……は？』

すでに署名がすんだ書面を机の上に置き、彼女は部屋を出ていった。

（すごい……）

俯瞰《ふかん》して見ていた私にはそれしか出てこない。

たしかにデイジーの夫は愚かだろうが、それだけで離婚などできない。この社会は女性がひとりで自立などできない仕組みになっているのだから。

とてもすっきりはしたが、これだけでは逆に不安になってしまう。

（どうするのかしら）

このあとのデイジーの行く末が気になる。

そのとき、再び聖女姿のキャンディ様が現れた。

「まだ見るのかい？」

どうして今なのだろう。とても気になるタイミングで現れたキャンディ様を不思議に思いながら、私はうなずく。すると、キャンディ様は顔をしかめた。

「これ以上は楽しいことなんてあまりないさね。戻るなら今のうちだよ」

それでもいい、と答えるとキャンディ様はため息をつく。

「仕方ないさね。私も行くさね。あんまりひどいときには強制的に終わらせるからね」

キャンディ様の不穏なセリフに思わず疑問を口にしそうになる。

そのとき、場面が再び動き出し、デイジーの歩みがとある家の前で止まった。ラスクワーネ商会と看板が出ている。

『突然お邪魔してすみません。デイジーですが、ラスクワーネ夫人はおられますか？』

『これはシグルド商会の奥方様。夫人でしたら在宅にございます。少々お待ちください』

従業員と思しき男性がそう言って奥へ案内する。応接間で待っていると、赤毛で灰色の瞳の生き生きとした雰囲気の女性が入ってきて、デイジーを抱擁した。

『やっと来たのね』

『ごめんなさい。遅くなって』

『本当にもう。来ないかと思っていたわよ』

ほっとしたように笑った顔を見るに、この女性はデイジーの味方らしい。

ただ、このやりとりを見て疑問が生まれる。今、デイジーの中にいるのはキャンディ様のはずだ。それなのに、どうしてこの商会やこの女性のことを知っているのだろう。

「あの薬は互いの魂を入れ替える。その際、入れ替わった人物の記憶をある程度見ることができるのさ」

その言葉を聞いて、どうして私がキャンディ様の記憶を見ているのか納得する。

「まあ、本当に必要なことしか見ないからね」

念を押すように彼女は言った。

今、私の身体には彼女が入っている。記憶を見ることができるという言葉に対して、私が不安に思わないように気遣って、そう言ってくれたのだろう。

「そんな心配はしていません」

「そう自信満々に言い切られても困るんだけどね」

にっこり笑って答えると、キャンディ様は複雑そうな顔になった。

そうこうしているうちに、デイジーのラスクワーネ商会への就職があっさりと決まった。

『本当にいいの？』

『大歓迎よ。ジャンも損したわね。だってあなた、帳簿の計算に商品整理、接客だってできるじゃないの。こんな有能な人材、逃す訳ないでしょう!!』

そう言ってラスクワーネ夫人は微笑む。

その場面を見て私がほっとしたのも束の間、キャンディ様は渋顔で言う。

「さあ、この女性の行方も見たしもういいだろう」

キャンディ様が戻るように促してくるが、ひどい事態がこれから起こるとは思えず、私は首を横に振った。いやに急かすのが気にかかる。

「もう少し見させてください。キャンディ様が何かひどい場面を見せないようにしているのはわかっています。でも私だってそこまで子どもではありません。それに私の中にあなたがいるというなら、なおさら見ておいたほうがいいのでは？」

「わかったわかったよ。あとで文句はなしだよ」

矢継ぎ早に告げると、キャンディ様は根負けしたように答える。

場面が変わる。

デイジーを雇った商会は次々と新商品を売り出し、その規模を大きくしていく。

だが、それを快く思わない者がいた。商売敵や元夫はラスクワーネ商会の粗探しを始める。

そのころデイジーは長い間離れていた幼馴染と再会した。彼は遠い街でラスクワーネ商会より大規模の商会を経営していた。

少しずつ距離が近づくふたりだったが、そこに要らぬ知恵を入れる者がいた。

『デイジーはあるときを境に性格が変わってしまった。薬売りの老婆の店に行ってからだ。あの老婆は魔女に違いない。デイジーは魔女の呪いを受けた。早く解いてあげないといけない』

その忠告を真に受けた幼馴染の男性は、キャンディ様の店を訪れる。そして閉まっていたにもかかわらず、呪いを解くためにと幼馴染は店内を探った。

すると、深い眠りにつく老婆を見つける。

『死んでいるのか？』

そのとき、男性の態度に不審なものを感じたデイジーが店の中へ入ってきた。

『ここで何を？　……どうして……』

『君は、この老婆を知っているのか？』

その言葉を聞いて事態を悟ったデイジー――キャンディは、すべてを打ち明けることを決意した。

『知っているも何もそれは私さね』

その言葉がまずかったかもしれない。ついキャンディ様はいつもの蓮《はす》っ葉《ぱ》な口調で答えてしまったのだ。

キャンディ様がすべてを説明するより先に男性が動いていた。

『よくもデイジーを!!』

もしかしたら再会してからずっと違和感を覚えていたのかもしれない。男性は腰の剣を抜き、振りかぶった。

『ちょっ、お待ち！』

キャンディ様の制止の声は間に合わなかった。

「ここまでだよ。帰るよ」

目の前の景色がふいにかき消され、気づくと私は何もない空間にいた。

「あんまりおもしろいものじゃなかっただろう。次をお選びよ」

力のないキャンディ様になんと声をかけたらいいのかわからない。

しばらくして、ぽつりと言葉が口から零れ落ちる。

「……あの女性はどうなったんですか？」

斬られたのは中にキャンディ様の魂が入った女性である。そうなると消えるのは――

「あの状態で一方の命が絶たれた瞬間、互いの魂は戻るさね。だから、私がここにいるだろ。もともと一生の眠りにつきたい、って言ってたからねぇ」

軽い調子だったが、キャンディ様が深い悔恨の淵にいるのは間違いなかった。

「……そうですか」

それではあの女性はもう――

「もうひとつ聞きたいことがあります……、私が目覚める方法は一体どんなものなのでしょうか？」

尋ねると、なぜかキャンディ様は口ごもったあと、何も答えてくれなかった。かろうじて聞こえてきたのは「まだ早い……こういったことには順番が」というよくわからない言葉だった。

キャンディ様のことだ、何か意図があるのだろう。

またあとで聞いてみよう、と思ったそのときだった。

「……？」

ぼんやりした頭のまま、私は辺りを見渡した。

なぜかマルドーク公爵邸の寝台で寝ている。

「……キャンディ様」

ゆっくり身を起こし、その名を噛み締めるようにつぶやいた。

このときを境になんでも願いを叶えてくれる、という魔道具店の噂は立ち消え、店に関する情報は失われてしまった。

第七章　コッペリア・マルドーク

放課後の生徒会室には、いつも通り書類の山ができていた。けれど、いつもの愚痴やため息は聞こえてこない。

(当たり前ね。ルクス伯爵令息やハイランド侯爵令息がいないんですもの)

以前とは違って閑散とした印象を受ける生徒会室で私――コッペリアは書類仕事をしていた。

私が目覚めてから五日が過ぎていた。

「ゼフィルス様、この書類は数字が違っています」

あの日、目覚めた私はすぐにでもゼフィルス様に連絡を取りたかったが、それはかなわず、翌朝、王立学園で顔を合わせた。

ゼフィルス様は非常に微妙な表情をしていた。

(そんな顔をしたいのは、こちらも同じなのですが)

キャンディ様の魂が私の身体にいたころの記憶はきちんと持ち合わせている。

苦しまずに旅立てる薬がほしいと決心したきっかけのひとつである、生徒会室でのルクス伯爵令息との会話。それにはゼフィルス様に非がないとわかった。どうやら彼に政略の意図はなく、本当に私に好意を向けてくれているらしい。

さらに、お父様に婚約の話をすでにしていて、あとは私の了承だけでいいとのこと。

（先回りしすぎな気がしますけれど、これまでがこれまででしたもの。元王太子殿下と比べるとかなりいい方のようですわね）

私にとって結婚とは契約に過ぎず、個人の意思など欠片《かけら》も入らない。貴族の婚姻はそんなものだと思ってきたが、今回は違うようだった。

「ああ、すまない」

ゼフィルス様がぎこちなく答えて、私が差し出した書類に目を通す。

（もう、この方は）

「あのときとは逆ですわね」

「……ああ」

きっと先の生徒会室での一件を経て、何が起こったのかを思い返したのかゼフィルス様は複雑な表情になる。

「気にしていませんから」

「見せつけるのは止めてほしいんだが」

なぐさめるようにそう言うと、書類をさばく王太子殿下がぼやいた。

「申し訳ありません。王太子殿下」

以前と同じように答えたつもりだったが、ふたりとも酸っぱいものでも飲み込んだような表情をした。

ほかに人がいるときはまだいいのだが、三人で過ごしていると、私の言葉や態度に対してふたりがおかしな表情をするときがある。きっと以前の『コッペリア』と無意識に比べているのだろう。

「……お気持ちはわかりますが、もう少し抑えてくださると助かります」

（たしかにずいぶんと違いますけれど）

「キャンディ様にご恩がありますが、おふたりに何回もそんな表情をされると、少し妬いてしまいますわね」

少しだけ意地悪をしたくなってそう言ってみる。

「そんなことはっ」

「いやいやっ、今のマルドーク公爵令嬢のほうが何倍も魅力的だから!!」

王太子殿下とゼフィルス様の大慌ての否定に、私はにっこりと笑みを返す。

「冗談ですわ」

机の上に、がくり、と顔を伏せるゼフィルス様たち。

「マルドーク公爵令嬢ってあんな感じだったか？」

「いえ、なんだか以前よりたくましい。いや、芯が強くなったというか」

「全然言い換えになってないぞ」

（こそこそと話し合っているようですが、丸聞こえですから）

「以前の私が委縮しすぎていたとは思いますが、そこまで言われるのは少々遺憾ですわね」

「「すみませんでした!!」」

ふたりが勢いよく謝る姿を見てコホンと咳払いをしたあと、気になっていたことを尋ねる。

「王太子殿下にお伺いしたいことがあります」

「なんだ？　というかその呼び名は余計落ち着かないから止めてくれないか、と何度も言ってるんだが」

王太子の席が空席のままなのは対外的によくないため、バレルエージ様は簡略化した式で王太子の地位を授かっていたのだが、いまだ慣れないらしく落ち着かないようだ。

「王太子殿下には申し訳ありませんが、貴族の一員として生まれた者として、ここは外せませんのでどうかご寛恕《かんじょ》ください」

ゼフィルス様は側近候補ということで名で呼ぶのを許されているが、女性の私が王太子殿下をそう呼ぶと誤解を生む可能性がある。

「わかった。それでなんだ？」

「もしキャンディ様が見つかったらどうされるのですか？」

そう質問すると、王太子殿下もゼフィルス様も手を止めた。

ゼフィルス様の報告を受けて、秘密裏に始まったキャンディ様の捜索は一向に捗《はかど》らず、行方は杳《よう》として知れない。痺れを切らした王太子殿下が『影』を使って捜索を始めるも、なんの成果も得られていなかった。

魔道具店があったという通りはまったく見当がつかず、なんでも願いを叶えてくれる魔道具店があるという噂も聞かなくなっていたのだ。

現在、ブルマン王国に聖女はいないが、契約魔法により転移陣の間で起きたことは口外できない。

そのため王太子殿下の婚約者の席は空席であったとしても、私が目をつけられる可能性は限りなく低い。しかし、王太子殿下にふさわしいと言える上流階級の令嬢は私以外、婚約が決まっていた。

ゼフィルス様とのことはまだ公表していないので、私には婚約者がいないようにみえるだろう。

「まさかキャンディ様の薬を元ダグラス男爵令嬢にお使いになるつもりではありませんよね？」

そう指摘するとゼフィルス様が、がばっと身を翻しバレルエージを見た。

「バレルエージ様!?」

「いやそれは、……今は考えてない」

非常に不穏な返答に、思わず鋭い視線を向けてしまう。

「だから今は考えてない、と言っただろう!!　……というか、そこまで記憶があるとは驚いたな」

気を遣ってくれていたのか、キャンディ様が私の中にいた期間の話はあまりしていなかった。

「はい。私が目が覚めたときのために、とキャンディ様はいろいろと見せてくださいました」

（本当にいろいろでしたね）

かつての婚約者アレンの醜い姿やダグラス男爵令嬢の我を通した主張。そして『儀式』をきちんと挙行して、私をここへ連れ戻してくれたゼフィルス様。

（儀式の前後の記憶はかなり曖昧《あいまい》ですけれど。そこがはっきりすれば、キャンディ様の居場所がわかるかもしれないのに……）

「ですから、なおさら気になるのです。どうして王太子殿下がキャンディ様のことをこれほどまでに気にかけるのか。ただの公爵令嬢の戯言ですが」

わざとにっこりと笑って告げると、ゼフィルス様たちは息を呑んだ。

「今回の件、私は何もできませんでした。先の王太子も元ダグラス男爵令嬢も。……ややこしいことはすべてキャンディ様に押しつけてしまいました」

「それはっ」

声を上げたゼフィルス様に私は構わず続ける。

「私はただ周りの言うことに従っていただけ。それが最善だと思っていましたから。でも、私にだってできることがあると思います。ですから、大恩あるキャンディ様に危害が加わることがあるのでしたら、たとえ王太子殿下でも」

「わかった、言おう。マルドーク公爵令嬢はキャンディ殿にずいぶん助けてもらったようだからな。そう言いたくなるのもわかる」

降参、とでも言うように王太子殿下が両手を上げた。

「申し訳ございません。王太子殿下」

王族へ向けてのこれらの発言は不敬罪にも、ともすれば反逆罪にも取れてしまう。

「いい。ここから先のことは絶対に口外するなよ」

王太子殿下は何かを決意したように見えた。

「わかりました」

しばし王太子殿下は思案するように空を眺め、やがて語り出した。

「俺の母親が移民であることは前にも話したと思うが、正確には違う。母は西の小国、ガラシャ国の王女だった。ガラシャ国は王位争いが激しく、まだ五歳だった母は王弟である叔父に暗殺されそうになり、乳母と少ない供を連れて国外脱出することになった」

それは遠い国の話だった。

「世界史を習ったから覚えているだろう、西の小国での紛争を。今、あの国はない。本来ならガラシャ国からふたつ国を挟んだ国に保護してもらうはずで書状を持っていたのだが、それはすっかり使えなくなってしまってな」

思いもよらない深刻な内容に、なんと言葉をかければいいかわからず黙ってしまう。

「母は乳母たちと移民のフリをして、定住できる国を探すことになった」

王太子殿下は何度もこの話を聞いたことがあるようで、とても滑らかな口調で話してくれた。

「その道中、母たちは疫病が蔓延していた村へ足を踏み入れ、罹患《りかん》してしまった。街道から離れたところにある村で、すぐに救助は来ない。そう思われたとき、幸いにも近くの神殿を訪れていた聖女の一行が通りがかり、特効薬を分けてくれた」

(聖女？　まさか……)

王太子殿下のほうを見ると、彼は軽くうなずく。

「聖女は瘴気を払うのが主な役目で、万能薬並みの能力を持っている訳じゃない。神殿で祈りを捧げ、国の安寧《あんねい》を願ったらそれで役目を果たしたことになる」

その言葉を聞いて、かつて王太子妃教育で教わったことを思い出した。

聖女とは国の護りで、昔からある結界石に祈りを捧げる存在であり、それ以上のことは望んではいけないのだと。

「『聖女ならなんでもできると思われても困ります。もともと聖女とは祈りを捧げて瘴気を払う。それだけのものですから』と苦笑しながら語る聖女が母には悲しげに見えたそうだ。その後、聖女の一行と別れ、彼女とはそれきりになったが母の心にはずっと残っていたらしい」

そのことがきっかけで王太子殿下の母親であるエイラ様は薬学に興味を持ったと言う。

そう語る王太子殿下の顔には、懐かしむようなものが含まれていた。実際、その場にいなかった彼がそんな表情になるのは少し不自然かもしれないが、私にはわかる。

(この聖女様は王太子殿下の大切な人——キャンディ様のことなのだろうから)

「まあ最終的に母はこの国で父と出会ってなんとか落ち着くことができた。その話を初めて聞かされたとき、俺はまだ子どもで、聖女と言ってもなんでもできる訳ではないのか、と思っただけだったんだ。だが、母はどうしてもその聖女のことが気になり、調べさせたらしい」

王太子殿下の眉尻が下がった。

「その結果、聖女は未知の病に罹った王太子を救うために秘術を使い、命を落としたということが判明した。秘術は術師の命を損なうからな」

その言い方だと、まるで聖女が自ら進んで命がけで王太子を救ったような美談に聞こえてしまう。

「……でも、実際は聖女は命は取り留めたが、二目と見られぬほどの姿へ変貌していたため、国外へ捨てられたということがわかった。どうやら遠方の国にある特効薬を取り寄せる間、王太子の病の進行を止めるという『時止め』のような無茶な術を使っていたらしい」

「ひどい話ですね」

まだ気づいていないゼフィルス様が相槌を打つ。

しかし、私はそれどころではない。以前垣間見た記憶の中での出来事は今でも鮮明に思い出せるのだから。

「その後の聖女の行方はわからないらしい。ただ、同じころ、とある薬売りの老婆が現れる。老婆は薬や魔道具を売っていたが、中でもなんでも叶えてくれる、という噂がよく流れるようになった」

ここまで来るとゼフィルス様にも話の行方が見えたようだ。ゼフィルス様が何かに気づいたように王太子殿下を見る。

「まさか、その聖女がキャンディ殿だというのですか？」

「おそらくな。母の恩人だ。なんとかして恩義を返したいと思っているが。……この答えではだめか？」

王太子殿下がどこか試すように私を見た。

(その言い方は少しズルいです)

私は王太子殿下に尋ねる。

「具体的にキャンディ様がどのような処遇を受けるのか、お聞かせ願えませんでしょうか？」

「手厳しいな。俺としては薬師のひとりとして王宮に迎え入れたいと思っている。これでもまだ不服か？」

（『星の宮』で言っていたことと違いますわね。でもここにはゼフィルス様もいますし、言いづらいのでしょう）

あのとき王太子殿下がキャンディ様を口説いていたことは知っている。

ややこしいことに、そのときのキャンディ様は私の姿をしていたので、傍から見れば王太子殿下が私を口説いているように見えてしまう。

「左様でございましたか。その割にはずいぶんとご執心なご様子でしたので。大変失礼いたしました」

そう答えると微妙な表情をする王太子殿下。

「いや、いくらなんでも今の状態の彼女を、とかは考えてないからな!!」

（今の状態——老婆の姿のキャンディ様ということかしら？）

「そこで必死になると余計怪しく見えますよ。バレルエージ様」

真剣に悩んでいるような王太子殿下にゼフィルス様も追従した。

「いやいや、ないから!!　それにしても、キャンディ殿のあの消え方は一体どういうことなんだ？」

「たしかキャンディ殿は河岸《かし》を変えるつもりはない、と言ってましたよね」

魂を戻すためだけに自分どころか店ごと消すのはやりすぎではないか、と何度も議論した難題に話は戻る。

「その件にお役に立つかわかりませんけれど、お話ししたいことがあります」

「なんだ？」

これまで私はこの話題には積極的ではなかったが、王太子殿下の話を聞いて気が変わった。

「私はずっとキャンディ様の中で眠っておりました。その間、キャンディ様は私にとある夢を見させてくださいました。その中である国の王太子のために命をかける聖女の夢を見ました」

「それは」

王太子殿下のつぶやきにうなずいて続ける。

「ええ。おそらく王太子殿下の推測は当たっているかと思われます。それともうひとつあります。これまでキャンディ様は私のような女性を救ったあとは、そのまま店を畳み、二度とその街へ戻ることはありませんでした」

「なんだと!!」

王太子殿下が身を乗り出す。

（必死ですわね。まあ、お気持ちはわかりますけど）

まだ話には続きがあるので落ち着いて聞いてほしい。

「ただ、『入れ替わり』が周囲にほとんどバレていなかった場合です。……というより、これほどキャンディ様が会話をしたのは今回が初めてのことだと思います」

一度言葉を切ってから、再び口を開く。

「だからわからないのです、今回のことがキャンディ様の意思なのか、それともほかの力が加わっているのか。もしキャンディ様の意思なら、かえって邪魔をしてしまうことになります」

そう続けると、王太子殿下がなるほど、とつぶやく。

「マルドーク公爵令嬢はよほどキャンディ殿のことが好きなんだな」

「はい」

即答すると、王太子殿下はなぜかゼフィルス様のほうをからかうように見た。

「それは妬けるな。ゼフィルス」

「え、いやそれは」

(何か勘違いが起きているようです)

私は思わず割って入った。

「ゼフィルス様は今のお話には関係ないと思います!!」

「だから見せつけるな、と言っているのだがな」

そう言うと、王太子殿下はにやにやと笑いながら私とゼフィルス様のほうを眺める。そして、ため息をついてしまった。

「やはり手応えがないとあれだな」

どうやらキャンディ様との軽妙なやり取りを思い出しているらしく、申し訳ない気持ちになる。

「やはり私では力不足のようですね」

「いやそんなことは!!」

「そうだぞ。ゼフィルスがどれだけ待ってどれだけ悩んだと思ってるんだ」

「バレルエージ様!!」

混ぜ返すような王太子殿下の発言に、焦ったようにゼフィルス様が叫ぶ。

だが、王太子殿下は頓着せず、話を続ける。

「まさか元に戻るための『儀式』があういうものだとは思わなかったからな。しかしキャンディ殿は一体何を考えてあんなやり方を選んだんだ？」

推測でよろしければ、と前置きして私は口を開く。

「おそらくキャンディ様なりの進言なのでしょう。キャンディ様は外見が変わったことで、ひどい目に遭いました。だから、少しくらいの障害で尻込みするような男性には任せられないと思っていたのかもしれません」

そう言うと、王太子殿下はおもしろがるようにこちらを見た。

「しかし、マルドーク公爵令嬢はよかったのか？　愛しい恋人の唇が他人に奪われたのだが？」

「それは――」

（……よくないですけど、はっきり言ってしまっていいのかしら）

「バレルエージ様!!　そろそろ取りかからないと日が暮れますから!!」

ゼフィルス様が話題を変えようとしているのはわかったが、あえて留まることにした。

ゼフィルス様に少し確認したいことがあった。

「……ゼフィルス様はまだ覚えていらっしゃるんですね？」

「ああ。そうだが」

念を押すように言うと、ゼフィルス様は怪訝そうな顔をした。

「実は……あの『儀式』をした男性は皆、その記憶をなくしているようなのです」

「「は？」」

「以前見た夢の中で、『儀式』で自分が何をしたのか覚えておらず、しきりに相手の女性に聞くという場面があったのです」

キャンディ様は事前にこの街を出ないと宣言していたので、ゼフィルス様が記憶を失っていなくてもおかしくはない。

そう告げると王太子殿下が反論した。

「いや、それはおかしくないか。その薬はすでに飲んでいたのだろう？　そんなあとから薬の効果を変更するなんてできるのか？」

(そう言われてみればそうかもしれません)

「だが、キャンディ殿だしなぁ」

どう捉えればいいのかさっぱりわからず、入り組んだ迷路で迷ってしまったような表情を皆でしていると、突然鳥の羽ばたく音がした。

思わず上を見ると、王宮の使いの白いカラスがいる。

「コッペリア・マルドーク公爵令嬢はただちに登城するよう。以上」

白いカラスは用件のみ伝えると、転移陣の中へ消えてしまった。

「……どういうことだ？」

王太子殿下が腑に落ちない、というふうにつぶやく。

(私ひとりを名指しするなんて……?)

疑問が浮かぶけれど、命令を拒否する選択はできない。

「……とにかく王宮へ参ります。失礼します」

そう言って席を立つと、ゼフィルス様も倣った。

「いや、令嬢ひとりだけの呼び出しなど普通ありえないだろう。俺も付き添う」

「ですが」

(呼び出されたのは私だけなので、ここで同行するのは違うような。でも呼ばれる意味がわからないから来てほしいような……)

複雑な思いでいると、王太子殿下も席を立った。

「こういうときは皆で行くものだろう。行くぞ。令嬢ひとりを呼び出すなんてどうせロクな用件じゃない。それなら王太子の俺がいたほうがいいだろう」

王太子殿下のその言葉で話は決まり、私たちは王宮へ向かうことになったのだった。


王宮に着くと、私たちはすぐにある部屋へ案内された。そこは客用の寝室らしい。

そこにぐったりと横になっていたのは――

「……神官長」

王太子殿下が呆気に取られたようにつぶやく。

「彼を助けて!!」

血の気のない顔色の神官長にすがりつく水の精霊様が私たちの姿を認めた途端、声を荒らげる。

神官長の意識はなく、一体何があったのか、契約魔法はどうしたのだろうと困惑していると、部屋の隅のほうから声がした。

「だってあいつ、喋ろうとしたんだ」

何もないはずの空間から現れたのは、風の精霊様だった。前回のことを思い出して微妙な顔になっていると、風の精霊様が慌てたように後ろへ下がる。

「違うって!! あそこにいた骨々のおっちゃんが喋りそうになったからさ、つい風を使ったらそこの……おば、ウンディーネの最愛が庇ってこうなったって訳」

風の精霊様はときどき訳のわからない単語を使う。

(骨々のおっちゃん……? わかりませんわ)

思案していると、ゼフィルス様がとある人物に思い当たったらしく、王太子殿下に告げる。

「それはルキシナール公爵のことでしょうか」

「ああ。そう言えばいたな」

ルキシナール公爵は王太子殿下の後見人だというのに、彼はゼフィルスの言葉にそっけなく同意した。

(あまり興味がなさそうですね。先の婚約者の件があるからかもしれませんが)

なんとなく王太子殿下はそういったことには関心がなさそうに見えた。

そんなことを思いながらルキシナール公爵の容姿を思い出す。長身のやせ型の体躯《たいく》で、『骨々のおっちゃん』という表現に当たる気がする。

たしかにあの場にはルキシナール公爵、そしてマンゼラ公爵がいた。

「そんなことより、あなたなら治せるんでしょう!! 彼を治して!! 結界を作っておいたから大丈夫よ。だから早く!」

水の精霊様は焦燥感を募らせた表情で声を上げる。

(気持ちはわかりますが声が……大きいです)

「わかりました」

私は神官長に近づき、手をかざした。

「……大地を照らす光、緑の息吹《いぶき》に宿る光、水の中に潜む光、炎としてある光、月を満たす光、陽の元となる光の守護よ。ここにあれ」

記憶で見たときと同じ手順を踏むと、身体が光に包まれ、やがてそれが神官長のもとへ向かう。

神官長の顔に赤みが差し、しばらくしてその瞼が開いた。

「――ここは」

「気がついたのね!!」

水の精霊様に抱きつかれて困惑している様子の神官長に、王太子殿下が声をかけた。

「よかったな」

「これは王太子殿下。恐悦至極にございます。……また助けられてしまったようですね。聖女様」

私の姿を認めた神官長が身を起こし、続けて礼を執ろうとしたので押し止める。

「お止めください。私はそんな大層な人間ではありません」

それを聞いた神官長が居住まいを正した。

「たしか、たまたま起きた偶然にございましたな」

「もちろんにございます」

話はこれで終わりとばかりに私は礼を返した。

「しかし、契約魔法があるのに話そうとするなど」

ゼフィルス様が納得がいかない、とでも言いたげな顔をする。

すると、風の精霊様が慌てたように謝罪する。

「ごめん。あれ、俺の勘違い。それとなんで風を使ったかっていうと、この……おば、ウンディーネの契約魔法って半端ないからさ。うっかり破ったら多分死んでたよ」

さらりととんでもないことを言ってくれた。

「「「……」」」

絶句していると、水の精霊様は恐ろしい発言を繰り出す。

「どうしたの？　だって契約魔法でしょう？　代償は命に決まってるんじゃないの？」

神官長は自身の額に手を当てた。

「ウンディーネにはもう少し人間界のことを学んでいただかねばなりませんな」

「ええ、もちろん!!　あなたのことならなんでも聞くわよ!!」

（神官長の言うこと『のみ』という気しかしないのですが。気のせいでしょう……）

視線を感じて風の精霊様のほうを見ると、こちらを見つめている風の精霊様と目が合った。

(なんでしょう?)

「へえ、あんたもできるとは思わなかったな」

以前、神官長を治癒したのはキャンディ様だ。しかし、私の姿をしていたので、中身が別人であるとは誰も気づかないと思っていた。

「それは一体どういうことですかな、風の精霊殿? 聖女様はおひとりのはずですが?」

(少しばかりややこしいことになりそうです)

神官長の問いかけを聞いてそう思っていると、王太子殿下が思いがけないことを口にした。

「この件に関しても契約魔法を使おう」

「バレルエージ様!!」

「王太子殿下!!」

思わずゼフィルス様と声が被ってしまう。

「本当は俺たちだけでやりたかったんだがな。俺たちの今の身分は対外的には学生だ。これほど手を尽くして見つからないとなると、他国が関与している可能性もある。そうなるとやはり大人の協力者がいる。神官長なら最適だと思わないか?」

「それは」

ゼフィルス様がためらう。すると、神官長がゆったりとした口調で声をかけてきた。

「何かおもしろそうなことをされておるようですな、王太子殿下。この件は拝聴したあと、国王陛下への進言も入用でしょうか」

「その判断は神官長に任せよう」

王太子殿下がそう言って私を見る。その目にはたしかな決意が見えた。

「わかりました。王太子殿下にお任せします」

「——コッペリア!!」

ゼフィルス様が焦ったように叫ぶが、ここで反論するのも違う気がした。

「これ以上は私たちの手にはあまりそうですし。それに水の精霊様に愛される神官長でしたらきっと何か妙案を思いついてくださると思いますわ」

そう言うと、ゼフィルス様は悩みながらも最終的には承諾してくれた。

そして、私はキャンディ様との出会いから神官長に説明する。

精神的に追いつめられた私が秘薬を飲んで、キャンディ様と入れ替わったこと。

前回、神官長の治療を行った際、治癒の能力をほとんど持たないキャンディ様が、私の中に眠っていたその能力を使ったこと。

「なんだ。あの聖女も使えるかと思ってびっくりしちゃった」

風の精霊様の言葉に皆の視線が集中した。

「あの聖女も、とはどういう意味ですか？　あのとき、一体何が見えていたのか教えてもらえませんか？」

ゼフィルス様の質問に対して、風の精霊様は私のほうを見て答えた。

「どうもこうもないよ。あんたの中にもうひとりいた、ってのはすぐにわかったよ。何か違って見えたし。だから焦っちゃった。俺、目がおかしくなったかと思っちまったもん」

どういうことか詳しく聞くと、精霊は人の魂を見ることができると言う。

その魂の色で好みか――自分が守護してあげてもいい相手かどうかを判断するので、精霊たちにとっては重要な事柄らしく、あのときは魂の色が二重になって見えたと言われた。

「なるほど。精霊たちには入れ替わりは丸わかりな訳か」

王太子殿下が鷹揚にうなずく。

そこまで話してから説明を再開する。

現在キャンディ様――もうひとりの聖女が行方不明、というところまで聞くと、神官長は顎に手を当てた。

「左様でございますか。これはやはり国王陛下には具申が必要になりますな」

(やはりそうなりますか)

こちらで対処するから手出しは無用、などと言われるのかと身構えていると、神官長が少し茶目っ気のある表情をした。

「もう少し事の詳細が掴めてからになりますが。我が国にとって長らく空席であった聖女の席が埋まるかどうかという瀬戸際ですが、肝心の聖女様の行方が知れず、というのでは片落ちにございますからな。それにしても雲を掴むような話ですね」

「あー、それ。俺が声、運んでやろうか?」

風の精霊様が言う。

「「「は？」」」

水の精霊様を除く皆の声が揃った。

「そう言えば、あなたはそんなこともできたわね」

そっけない水の精霊様の言葉に、風の精霊様はすねたように言う。

「そう。って上から目線やめてよ。おば……そっちの最愛を巻き込んだのは悪いと思ってるんだからね」

むっ、とした様子はやはり子どもっぽい印象を受ける。

「あたしの最愛の人にあれだけのことをしておいてよく言うわね」

「だからそれはごめん、って謝ったじゃないか!!」

話が本筋から逸れそうになったため、慌てたように神官長が割って入る。

「風の精霊殿にお伺いしたいのですが、声を届けるとは一体どういうことですかな？」

問われた風の精霊様が胸を張るが、あまり貫禄めいたものは感じられない。

（というか、可愛い。……そう思ってしまったのは、秘密にしておいたほうがいいかもしれません）

「俺はさ、風のあるところならどこにでも行けるし、そこにいなくてもそこで何が起きてるのかわかるんだ。なんせ風が音も声も運んでくれるんだからさ」

得意げな様子の風の精霊様に、水の精霊様が突っ込む。

「あら。声だけだから、そこで何が起こっているか、はっきりとはわからないんじゃないの？　この間だって――」

「とにかくあの聖女の声を届ければいいんだろ？　やってやるよ、ほら」

風の精霊様が軽く手を上げると、キャンディ様のものと思わしき声が室内にいきなり響き渡った。

『私ひとりを攫うのにこれだけ手間ひまかけるとは、ご苦労なこったね。だけど、そうは問屋が卸さないよ』

沈黙が流れたあと、バレルエージ様が口を開く。

「これはかなり危機的な状況らしいがどうしてなんだろうな。キャンディ殿の口からそのセリフを聞くと、とてもそうとは聞こえないんだが」

「同感です」

私がそう言うと、隣でゼフィルス様も首を縦に振る。

「これがもう一方の聖女殿ですか。なかなか貫禄がおありですな」

感心したように神官長がつぶやく。

(ご無事のようですね)

そんな私たちを見渡して風の精霊様が問いかけてきた。

「それじゃあ、周りの奴らの声も流す？」

「ありがとうございます。お願いします」

思わず食い気味に答える。

「あら。あなたにしては気が利いてるじゃない」

水の精霊様がからかうように風の精霊様に告げた。

「俺だってやるときはやるんだよー」

風の精霊様がぱちん、と指を鳴らす。

『その弱った身体でまだそんな世迷《よま》い言《ごと》を言うとは。やはり見た目通り耄碌《もうろく》したか』

壮年の男性らしい声には、命令することに慣れ切った驕《おご》りのようなものが含まれている。

『あんたもかなり年を取ったようだけど、その傲慢なところはあいかわらず――』

何かを蹴っているような鈍い音が流れる。

（……キャンディ様）

『憐れなものだな。せっかく捕らえたというのに絶世の美女の末路がそれか』

『……何を馬鹿なこと言ってるんだい？　どんな者にも時の流れってのは平等にやってくるんだよ』

嘲笑うようなセリフに、王太子殿下が思わずといったふうにゼフィルス様を見た。

「キャンディ殿は捕らわれているんだよな？」

「状況としてはそうなのでしょうが、こうして会話を聞くと自信がありません」

王太子殿下は尋ねるが、ゼフィルス様の答える声には力がない。

その間にも会話は進み、男性の怒鳴る声が響く。

『ふざけるな!!　お前を捕らえるのにどれだけ苦労させられたと思ってるんだ!!　さっさと例の薬

を渡せ!!』

『お断りだね。大体あの薬は女性専用なんだよ。それにしても一体どこからそんな情報を得たんだい？』

「肝が据わっておりますな」

脅迫に屈するどころか、逆に情報を得ようとするキャンディ様に対して、神官長が感心したようにつぶやいた。

その言葉を聞いた水の精霊様が神官長の首に腕を伸ばす。

「あら、あたしは？」

「ウンディーネはもちろん別格にございます」

「なんだかはぐらかされた気分だけど、まあいいわ」

『このクレイドル王国の諜報部門を侮るな!!　貴様がどんなことをしていたかくらい把握しておるわ!!』

（クレイドル王国……）

急に出てきた具体的な地名に世界地図を頭の中で思い浮かべる。

「ここから西南へみっつほど国境を越えたところにある国でしたかな。このブルマン王国とは直接的な取り引きはないはず」

神官長が言った。

『その割にはこの薬が女性専用だってことに気づかないんだね』

『まだ言うか!!』

耳障りな声に顔をしかめてしまう。

「無茶をするな、キャンディ殿」

王太子殿下がぽつりとつぶやき、拳を握る。

だが、そんな王太子殿下の思いは伝わるはずもなく、キャンディ様はさらに相手を挑発する。

『大体そんなもの手に入れてどうするさね？　あれは飲んだ相手と私の魂を入れ替えるだけ――』

『はっ!!　入れ替えるだけだと⁉　そこが重要なんだろうが!!　その女性専用とやらを修正すれば、俺と第一王子の魂を取り換えることができるだろうが!!』

どこか呆れたようなキャンディ様の言葉を男性の声が遮った。

そのセリフを聞いて、皆ハッとしたように顔を見合わせ、厳しい表情を浮かべた。王位継承権を持つ者の中身が別人となるということは、王家乗っ取りもありえる。

「キャンディ様はどうされるのでしょうか……？　この状況ではいずれ薬を作って渡さなければならないでしょう。ですが、その後キャンディ様は――」

こんなことを命令してくる相手が、キャンディ様が薬を渡したとて、解放してくれるとはとても思えない。よくて監禁、悪ければそのまま処分――

そう思ったのは私だけではないようで、王太子殿下が風の精霊様へ問いかける。

「さっき風があればどこにでも行ける、と言っていましたね？」

「そうだけど」

「では俺をそこへ連れていってくれませんか」

その言葉を聞いて、すぐさまゼフィルス様が追従する。

「俺もお供いたします」

「私も」

そう言うと、ゼフィルス様が押し止めるように私を見た。

「いや君はここで待っていてくれ」

おそらく危険なところへ女性を連れていけないという配慮だろうが、それだけで説得できると思わないでほしい。

「なぜですか？　私が女性だからでしょうか？　でしたらお断りいたします。私だって当事者ですから」

「だが——」

「ちょっとー、まだ連れてくなんて誰も、あ」

揉めていると、風の精霊様がぼやいたがその言葉が途中で止まる。

『あんたはもう王としての役目を終えたじゃないか。それだけ長く王位にいて、まだ執着するのかい？』

聞こえてきた言葉に、再び室内がしんと静まり返った。王族でない者が反逆して王位を狙う、という話はよく聞くが、これはどういうことだろうか？

『俺はまだまだ生きる!!　そして永遠の王となる!!　そのためには、あのときのような不完全なものではなく、お前の作ったという薬がいるんだ‼』

『永遠の王？　何をふざけたこと言ってるさね？　頭のネジでもどこかに落としてきたさね？　物語の中ならともかく、現実にいたらそいつは化け物だよ』

吐き捨てるように言うと同時、激しい音が響く。

「……やりすぎだ。そこまで煽るな」

王太子殿下が上を向いて額を押さえる。

私はそれどころではなかった。

故意にキャンディ様を傷つけようとする言葉、暴力を振るっているような音が、ぼろぼろになったキャンディ様を連想させ、血の気が引いていくのがわかった。

「風の精霊様。どうか私たちをキャンディ様のところへ送り届けてもらえないでしょうか」

足元がおぼつかないながらもなんとか風の精霊様へ頼み込んだ。

「あー、うん。気持ちはわかるけどさ」

「お願いします。遊び相手がほしいのでしたら私がお相手させていただきます」

必死に頼み込むと、風の精霊様はさらに困ったような顔になる。

「俺からも頼む」

「風の精霊殿。どうか願いを叶えてくれないか」

王太子殿下が頼み、ゼフィルス様も続いた。

そのとき、神官長が口を挟む。

「状況はおおよそ見当がつきましたが、今すぐというのはいかがなものか、と。……バレルエージ様、あなた様は一国の王太子殿下にございます。その御身に何かあれば国の大事となります」

かしこまってそう告げた神官長に加え、ゼフィルス様も口を挟む。

「王太子殿下であるバレルエージ様はここで吉報をお待ちください。俺が行きます」

オナシス侯爵家は、マルドーク公爵家と比べても劣らぬほどの忠節で知られている。その子息であるゼフィルス様にもやはり王家への忠節はあるのだろう。

私だってマルドーク公爵家の令嬢である。それに、キャンディ様のことが心配だった。

「私も参ります」

「「それは」」

そう言うと、再びふたりが止めてくる。

そのとき、風の精霊様が口を開く。

「えっとさ。何かその聖女さん、脱出作戦立ててるみたいだし、あの聖女さんの実力だとさ、多分成功すると思うけど、それでも行くの？」

思いがけない言葉に、なんとも言えない空気が流れる。

「……さすがですね。風の精霊様にそこまで言われるとは」

ゼフィルス様が感心したように言うが、王太子殿下は違うことを思ったようで、風の精霊様へ問いかけた。

「それで風の精霊殿、彼女はどんな作戦を立てているのかわかりますか？」

王太子殿下がずいと風の精霊様へ近づき、その顔を覗き込む。

至近距離で王太子殿下と顔を合わせた風の精霊様は、両腕を突っぱねるようにして距離を取った。

「ちょ、近いって!! いくら顔がよくても男はやだなぁ!! ええと……何か薬を作るって話になってて、あ、でも材料を取り寄せるのが難しいとかなんとか、うーん、多分時間稼ぎだと思うよ。見張りがいないとき、歩けるようになるよう手足を何回も動かしてるから」

「もしかしてキャンディ殿は歩けないのか!?」

風の精霊様の不穏な発言に、王太子殿下はすごい剣幕で尋ねる。

「うん。まああれだけ寝てたらそうなるよね」

引き気味になりながら風の精霊様が答えた。

「今すぐ行くぞ」

王太子殿下がそう言う。

気が逸《はや》るのは私も同じだ。

「私も行きます」

「だがそれは――」

話が堂々巡りになりかけたとき、神官長が割って入る。

「それではこういたしましょう。皆様はそちらの神殿へ見学に行くということで、手はずを整えておきましょう。もし万が一の場合は、風の精霊様にお願いするという形でいかがでしょうか？」

「え、なんで俺？」

「あなたがそれ言うの？」

水の精霊様が何か文句があるのという体で迫ると、風の精霊様は撃沈したように言う。

「わかった、わかりましたよ‼　やればいいんでしょ‼」

「最初からそう言えばいいのよ」

やりとりがひと段落したところで神官長が口を開く。

「それでは皆様の支度ができ次第、出立ということでよろしいですね？」

「ああ、わかった」

王太子殿下はそう答えるが、今にも部屋を出ていきそうだ。

「ご配慮痛み入ります」

「ありがとうございます。神官長」

そんな王太子殿下をどこか呆れたように見ながら、ゼフィルス様と私は礼を述べた。

すると、王太子殿下が少し不貞腐れた様子を見せた。

「すまなかったな」

「とんでもございません。王家の方々への配慮も神殿を預かる者の務めにございますれば」

「……それ以上はいい」

なんだかおかしくなってきて笑みがこぼれそうになった。

「……笑った。けれどやはり違うな」

「バレルエージ様‼　あのときとは違うのですから‼　話をややこしくしないでください‼」

ゼフィルス様がそう叫んで、王太子殿下を連れて壁際まで離れていった。

何やら『今ここにいるのは本人であって、――殿ではないんですよ！』『当たり前だろう』『じゃあどうして』『反射的なものだ』と聞こえたが、私にはさっぱりである。

どこかで見たような光景だ。だが、それを思い出す前に場は解散となったので、詳しくはわからなかった。

そのあとゼフィルス様は『絶対にこの件が終わったら……』と何やらぶつぶつ言っていたが、わからないことをいつまでも考えていても仕方がない。

（キャンディ様、必ず助けます!!）

今は優先すべきことをするだけだ。

第八章　聖女キャンディ

いつもと同じ流れのはずだった。

私――キャンディの魔力が身体に浸透していくのを感じて、やれやれやっと戻れると思ったときだった。

（……何かが違う？）

身体が押し返されるような感覚に襲われ、そこでようやく気づいた。

（術に何かが干渉している⁉）

干渉してきた力に対抗し、なんとかあの娘の魂を元の身体へ戻すが、自分のは無理だった。

（くっ、引きずられる‼）

魂だけなら切り離して仮初めの身体――直近に亡くなった人間、あるいは犬猫などの動物――へ一時的に避難する選択肢もあるが、これだけ弱った身体を置いていく訳にはいかないので、仕方なく誰が展開したかわからない術に乗ることにした。

やがて意識を取り戻した私の前へ現れたのは――

「あいかわらず醜い姿だな。元聖女よ」

かなり年を重ねた姿のエリックだった。

（……そういうことかい）

恨みでもあるのだろう。どうやったのかはわからないが、エリックが誰かに命じて私の魂が元の身体に戻るのを邪魔したらしい。

私は素早く視線を巡らせる。

おそらくここは私が昔いた神殿の奥殿だろう。昔から人が来ないところだった。身体は縄でしっかりと捕縛され、床には魔力を抑える魔法陣まで描かれている。

拘束した目的を問えば、エリックの口から恐ろしい計画が語られた。

王を生前退位させられたエリックは入れ替わりの薬を使って、次の王位継承者である第一王子の身体を乗っ取ろうとしていると。

どうやらあのあと婚姻した公爵令嬢との間に子は生まれず、王弟が跡を継ぎ現王となっていることがエリックにとっては不満らしい。

（この男はどこまでも）

怒りよりも呆れと言ったほうがいい。

聖女だったころ、私に向けられたあの視線の意味がようやくわかった。エリックは自分より優れている者が許せないのだ。

「さあ、わかっただろう？　その薬を改良すれば、俺は再び王位に返り咲けるのだ!!　とっとと薬の製法を吐け!!」

（薬の改良なんてするつもりもないし、できるとも思えないんだがね）

どこまでも自分に都合よく事を運ぼうとするエリックの姿に嫌悪感を覚える。この様子だと、これまで私が関わった人たちを人質にして、とか言われそうなので、この男の頭にその案が浮かぶ前に告げる。

「わかった。やるよ。だけど条件があるよ」

「はっ、条件だと？　何様のつもりだ？　貴様にそんな権利はない」

「いいのかい？　私がここで自害しても？　魔力が使えなくても、いくらでも方法はあるさね」

そう言ってやると、エリックが苦い顔になる。

（これくらいでそんな反応じゃあ、王様のときはどうだったんだろうかね）

「ええい、うるさい!!　貴様はただ黙って薬の改良をすればいいんだ!!」

子どもの癇癪かい、と言い返したいのを堪えていると、そばにいた壮年の男性が見かねたのかエリックに耳打ちした。

すると、エリックは途端に表情を変え、にやけた笑みを浮かべながら話す。

「一応その条件とやらを言ってみろ」

どう考えてもその側近らしき男の入れ知恵だろう。その男は初めて見る顔だった。

「ガレンはどうしたんだい？」

「貴様はその条件とやらを言えばいいんだ!!」

昔の側近の名前を言うと、なぜかキレられてしまった。

それからなんとか交渉して、薬の改良をする代わりにここから解放し、ある程度の報酬をもらえることになったが。

「せいぜい気張るんだな」

神殿の地下室に私を放り込みながら告げたエリックの顔は、薬が完成したあとの私の身の保証など欠片《かけら》も考えていないように見えた。

(こりゃあ、早めに脱出しないと危ういさね)

見張り兼助手としてつけられた少年に、遠方から取り寄せないといけない薬草や鉱石をあれこれ指図する。これで幾分か時間が稼げるだろう。

「あと乳鉢《にゅうばち》の数も足りないよ。この秤《はかり》はちゃんと手入れしてるのかい？　揺れが不規則すぎるよ」

あれこれと注文をつけて取り掛かるのを遅らせ、その間に神殿内の情報を収集する。昔いた神殿なので大体の造りは把握しているし、幸いにも助手の少年だけでなくほかの見張りとも話すことができた。

「今、この神殿には聖女はお二方しかいません。浄化の能力だけを持つ方なので、治癒を生かした施政は難しく神殿の威信は落ちてますね」

「だからエリックがここを使えるんだね」

「すごいですね。あの元王様を呼び捨てにするなんて」

「いや、そこは咎めるところじゃないのさね？」

(というか元王様？　それに生前退位って初めて聞くさね)

この国では普通、王は終身制であり、存命にもかかわらず王位を譲ることなどありえない。

少年の話によると、エリックは亡くなった婚約者のことが忘れられず、王位継承者を作らないということを条件に王となり、年の離れた王弟が一人前となったのを機に王位を譲ったという。

そのため公爵位は与えられず、離宮にて隠居生活を送っているらしい。

（とんだ美談だね）

おそらくだが、すべてがあと付けなのだろう。

そうでなければ、王妃としてあてがわれた公爵令嬢の立つ瀬がない。そこに関しては、嘆き悲しむ王を支えるため、敢えて王妃となることを決意した（ということになっている）らしい。

「実は元王様は癇癪持ちで側近だった僕の父に結構辛く当たったので、あまり好きではありません」

これは思いがけないところに味方がいた、と思った。

「僕の父はフレイザー侯爵です。……どうしました？」

なんとなく少年の濃い焦げ茶の髪や緑の瞳に既視感があり、出自を尋ねてみると、あのガレンの息子らしい。

リトウムと名乗る少年からさらに話を聞くと、現在、ガレンは現王の支持に回り宰相補佐をしているという。

「四人いる息子のうち三男の僕を元王様付きにして、均衡を図っているみたいです」

はきはきと話す様子には悲嘆めいたものは見られない。

（こりゃあ、解釈に困るさね）

リトウムから得た情報をもとに、私は脱出のタイミングを図ることにした。

薬草や道具を用意してもらうという時間稼ぎをしているが、あるマズい事態に気づいてしまった。

エリックにやられた箇所がじくじくと痛み、なんとか痛みだけでも和らげられないかと腕をさすっていたら、そこの痣が消えたのだ。

私に治癒の能力はほとんどないため、考えられる可能性はひとつしかない。

(あの娘の魂の一部が残っている……⁉)

これではエリックと刺し違えでもしたら、コッペリアにも影響が出てしまう。どうしたものか、と思っているうちに薬草の手はずも整い、秤《はかり》の調整もあと半日ほどで上がってくると知らされた。

「これでいいんですね？　少しでも元王様の気が晴れるといいんですが」

どうやらリトウムは私が何を作らされるのか、詳しくは知らないようだった。

「おや、あんたはエリックのことが嫌いなんじゃなかったのかい？」

そう言うと、リトウムは人がいいのか少し困ったような顔をした。

「やっぱり父に辛く当たったのはひどいと思いますが、状況を考えると、あまり嫌いにはなれなくて」

「あんたは父親とは折り合いでも悪いのかい？」

「違います。そうじゃありません!!　ただ……元王様にはずっと好きだった方がいらしたみたいですが、その方とは疎遠になり、また次の婚約者もはかなくなり、辛いお気持ちを味わってきたのだと思います」

リトウムはまるで自分のことのように辛そうに話した。その様子から察するに、ずいぶんと歪《わい》曲《きょく》された情報が流されているようだ。

（いや、はかなくなんてなってないんだけどね）

「そうかい」

私はそっけなく相槌を打った。今さら言うのも違う気がしたのと、迂闊に真実に触れたらリトウムの身の安全は望めないと思ったのだ。


二日後。薬ができたとエリックに知らせるように、とリトウムに言った。その際にいろいろと注文をつけて、神殿の警備がゆるくなるように誘導したが、気づかれずにすんだだろうか。

私の存在をほかに知られるわけにはいかないので、おそらくエリックはここへ来るだろう。

（勝負は一瞬。気が抜けないね）

予想通り、エリックは私が監禁されている地下室へ来た。

「もうできたのか。思ったよりは早かったな」

「それを飲めば、あんたが思う相手と魂を入れ替えることができるよ」

もちろん、嘘に決まっている。だがエリックにはわからないだろう。上機嫌のエリックに、心の中で舌を出しながら薬の瓶を渡した。

「エリック様、少しよろしいでしょうか」

エリックの傍らにいる、ローブを被ったうさんくさい魔導師らしき人物が口をはさんでくる。

「なんだ、ノーク」

(薬を研究したい、とでも言ってきたら面倒だね)

「できればその薬を服用される前に少し拝見させていただきたいのですが？」

拝見、と言っているがその中身すべてを調べたがっているのは見え見えだ。それに対してエリックは首を横に振った。

「そんなのは俺が飲んでからにしてくれ」

(エリックがせっかちな性質で助かった)

エリックは少しだけ思案していたようだが、邪魔が入るとマズいと思ったのだろう、ここで飲むと言い出した。

「しかしそれは――」

当の本人が納得しているとはいえ、未知の薬である。そんな訳のわからないものを飲ませることに、傍らに控えていた側近が声をかけるが、エリックは無視して、そこにあった簡易寝台に横たわる。

「決めたことだ。では」

エリックは薬の瓶を傾け、中身を飲み干す。

(なんだかうまくいきすぎて怖いね)

私は皆の注意がエリックに集中したのを認め、すぐに扉の前にいた従僕に体当たりをした。

「何っ」

「捕まえろ!!」

従僕たちが追ってくるまで数瞬の差で、扉を開けることに成功する。

「これでも食らいな!!」

そう言って、ひとつの瓶を床へ投げつけた。次の瞬間、視界を遮るように白煙が出て、目論見通り呟き込む声が聞こえてきた。

私は扉の外にいた見張りの足元にも同じ瓶を投げつけ、そこをあとにする。

(早く着かないと)

目指しているのは、神殿の中でも奥まったところにある小部屋だ。昔ここで暮らしていた際、私が偶然見つけたものだった。

物置のような部屋の奥、ちょっとした絡繰《からく》りを解けば、さらに小さな部屋があるのだ。あの部屋の寂れた雰囲気から、私のほかに知る者はいないだろう。

現在どうなっているかはわからないが、そこはもう賭けだ。

(くっ、時間が)

喧噪がだんだんと遠ざかっていくのに比例して身体が重くなってきた。

エリックが飲んだのは、彼に昔使った聖女の力を返してもらうものだ。

ただ、本当にそんなことができるなどとは思っていない。意趣返しのつもりだった。だが、先ほどから何か大きな流れが、私の身体を包み込もうとしている。

(こりゃあ、ひょっとしてひょっとしちまったかね)

自分の才能が怖い、などとふざけた思考で、身体のだるさを押しやる。

例の小部屋へ辿り着き、よろけるように中へ入った。壁の模様を決まった法則で押すと、壁の一部が開く。

（よし、これで）

なんとか身体を押し込んだところで私の意識は途切れた。


——どれほど意識を失っていたのだろう。

私はなんとか床から身を起こし、周囲を見渡す。室内に明かりはなく、真っ暗で何もわからない。

（追っ手の様子は……？　ああ、ちゃんと扉は閉められたようだね）

軽く身体を動かしてみたところ、違和感を覚えた。

（……なんだか身体が軽い？）

これまでとは違った身体の感覚に不安を覚える。

「ライト」

生活魔法で灯りを点けたが、当然こんな小部屋に鏡など置いてあるはずもなく、逡巡《しゅんじゅん》してから私はそこを出ることにする。

一度、神殿内のこの部屋へ来たのは、エリックから返してもらった聖女の力が自分へどれほど影響を与えるのかがわからなかったからだ。

そしてなんだかんだ言ってもエリックは王族である。人海戦術でくまなく捜されたらここもすぐに見つかってしまう可能性が高い。

(とにかく行動しないと何も始まらないさね)

扉を開けようと手を伸ばしたところで異変に気づく。

(手が違う?)

思わず両手をまじまじと見るが、それは見知った自分の手ではなかった。老婆にふさわしい骨ばってシミがいくつも浮いた手の甲ではなく、瑞々しくまるで若い女性の手。

(まさか……エリックから聖女の力を返してもらったから?)

信じられない思いで、浮かんだ可能性を頭の中で何度も咀嚼《そしゃく》する。たしかにエリックには膨大な聖女の力を渡したと思うが、それがこんな形で返ってくるとはまったくの想定外だった。

あまりのことに解釈が追いつかない私は考えるのをやめて、ひとまずここを出ることにした。

扉を開け、続きの物置代わりの部屋から様子を窺《うかが》い、廊下へ出る。

(まぶし……)

まだ昼前だろうか、柔らかな日差しが窓から差し込んでいた。

できる限り人通りの少ないルートを選び、数歩歩いたところで、服の丈が合ってないことに気づく。それはそうだろう、腰の曲がった老婆と背筋の伸びた若い女性の背丈が同じはずなどない。

(たしか、見習い神官や聖女の服があの部屋にあったはず)

脳裏に浮かべた神殿内の構造を思い返し、似たような扉が並ぶ廊下を進む。

私は着丈の合ってない服の裾を伸ばしながら、その部屋へ急いだ。幸いにも誰とも出会うことなく辿り着き、着丈の合いそうな服を見つける。

身にまとってみるとなんとか合っ……なぜか胸の辺りが窮屈な気がする。

（……気のせいだ）

そう自分に言い聞かせ、室内に姿見がないか探す。

（ああ、これだね）

細長い布を外し姿見を見るが、自分の姿を確認した私は固まってしまった。

「ダレデスカ……？」

まっすぐな長い銀髪と濃紺の瞳は同じだが、二十代半ばと思われる豊満な曲線を描いている自分がいた。

一体何がどう作用したらこんな結果になるのか。もし神がいたら小一時間ほど話し合いたい。

しかし、こうしているうちにも追っ手が来るかもしれない。

「のんびりしてる場合じゃない」

姿見の中の女性も同じことを言っているのを確認して、これが自分なのか、とかなり微妙な気分になりながらも、打開策を模索する。

（今のこの姿ならバレないだろうが）

姿見の中の美女を見てため息を落とす。

（なんだか別の意味で厄介なことになりそうだね）

そっと廊下へ出て、人気《ひとけ》のないルートを探しながら移動する。そして、脱出の最大の鬼門である回路へたどり着く。外へ出るにはこの回廊を避けて通るわけにはいかない。

今の姿なら逆にバレずに通れるだろうか、と思案しながら広い回廊へ足を踏み出したとき、どこか聞き覚えのある声が聞こえてきた。

「だからここへは見学に来たんです」

「本日はそのような申し出は聞いておりませんが」

この回廊を抜ければ出口までもうすぐだが、何やら言い争っているようで騒がしい。

「ですから間違いなく申し込みましたよ。もう一度確認してもらえませんか？」

私は回廊の花の意匠の置物の陰からそっと様子を窺《うかが》う。

（げっ、第二王子にゼフィルスに……なんであの娘まで!?）

ここにいるはずのない、いてはいけないはずの子たちである。

現状を理解するより先に事態が動く。

「もうこれ、強行突破でいいんじゃない？」

ぽわん、とでも言うように、いきなり白い髪の風の精霊様が空に現れる。

回廊にいた神官らしき男性が声を上げ、その声が聞こえたのだろう。男性（おそらく神官兵か何かだろう）の誰何する太い声が聞こえ、人が集まってくる気配がした。

「――風の精霊様!?」

場が混沌とした様相を呈する中、私は思った。

（……違うルートってあったかねぇ）

第九章　過去の清算

「本当に申し込みはなかったのか？」

他国の王太子の威厳のある声に、神官は少し気圧《けお》されたようだった。

「申し訳ございません。ただ今ご確認を――」

「いや、いい。このまま通る」

焦った神官たちは、そう言い切ったバレルエージに追いすがる。

「お待ちください」

「いや待てぬ。こちらもそこまで気が長くはない」

バレルエージが歩き出そうとしたときだった。もっと気が短い者がいたようで、我慢できないというような少年の声がする。

「ああ、もう面倒だなあ。通るよ」

回廊に神官たちを標的にした局地的なつむじ風が現れたのだ。

「お止めください!!　風の精霊様!!」

神官たちが悲鳴を上げながら懇願するが、風の精霊様には届いていない。

「えーっとね、こっちだよ」

風の精霊様にはわかるのか、私が隠れている方角を正確に指さした。被っているローブをさらに深く被り直すが、風の精霊様にとても軽い口調で暴露されてしまう。

「あそこにいるよー」

風に弄ばれている神官たちをよそに、バレルエージたちがこちらへ来るのがわかった。

「キャンディ殿、無事……は？」

「どうしました？　バレルエージ様？　……え？」

「……キャンディ様？」

バレルエージとゼフィルスだけでなく、コッペリアまで判断に迷っているような声を上げたので、どうやらまだ誤魔化しが利くかもしれない、と私はローブの下でか弱い声を出す。

「どちら様でしょう？」

「あー。さっきね、あのボンクラ元国王から聖女の力を回収したみたいだよ。あれって若返りの力があるからね」

だが風の精霊様によってあっさりと暴露された事実に、三者三様の反応が返ってくる。

「は、若返、……？」

「待て、ということは」

「キャンディ様ですよね!!　夢で会ったときより一段と素敵ですね!!」

呆然とする男性陣と、興奮冷めやらぬコッペリア。

しかし、ここで認めたら終わりそうな気がすると、私は諦めきれずにあがく。

「初対面のはずですけれど――」

気弱げに言いかけた私の顎先をバレルエージが、くいと上げて、露わになった顔をじっくりと見つめてくる。

「ああ。この気骨のある眼差しはキャンディ殿だな。というか、セリフと表情が合ってませんよ」

反射的に顎先にかかっていた手を乱暴に払う。

「ああ、そうだよ!!　なんでか私は知らないけれど、見た目がえらく変わっちまったんだよ!!」

そうぼやくと、ゼフィルスが頭を抱えて注文をつけてきた。

「できればその容姿に見合った口調でお願いしたんですが」

「これが標準装備だよ。それで、どうしてあんたたちがこんなところにいるのさ？」

「あ、俺。ちょっとヘマやっちゃってさ。少しは役に立て、って言われてこうなったって訳」

当然とも言える疑問に答えたのは風の精霊様だった。だが、端的すぎて余計にわからない。

「……つまり、どういうことだい？」

「風の精霊様に頼んで、あなたの音声を流してもらったんですよ。あなたが果敢にも誘拐犯に反論しているところとかね」

バレルエージがそう言うと、ゼフィルスも肝が冷えたと続けた。

「情報を引き出すためなんでしょうけれど、あそこまで挑発する必要があるんですか？」

「キャンディ様、具合はいかがですか？」

コッペリアも心配そうにこちらへ聞いてきた。

「別にどうってことないさね。ああ、そう言えば。ちょいとごめんよ」

そう断って私はコッペリアのほうへ近づき、手を伸ばす。

「キャンディ様？」

コッペリアの肩を掴むとこちらへ引き寄せ、ゆっくりと顔を傾けた。

「――――!!」

(説明していると、もだもだするだろうから実力行使になっちまうが、すまないね)

目を見開いたままのコッペリアをそっと放す。

「キャンディ殿、何を!?」

「……お覚悟はよろしいですか？」

(まあいきなりで悪いんだけどね)

呆然とするコッペリアに一言二言私はささやく。

「……は、ええっ、そうなんですか!?」

コッペリアは驚いたようだった。

「だから、返しといたからね。あとはあんたが自分でやるんだよ」

(まったく。あの魔導師の余計な横やりがなければ、こんなややこしいことにならなかったのに)

「キャンディ殿、ひとまず説明がほしいんですが」

「……いくらあなたでも越えてはならない一線というものがあってですね」

説明を乞うバレルエージと、黒いオーラをまとったゼフィルスが迫ってきた。

「まあ、ちょっとした事情があってね。あとはあんたの婚約者に聞きな」

軽くいなすが、それで黙っていられるほどゼフィルスは大人ではなかった。

「ですから――」

どういうことですか、と続きの言葉は紡がれなかった。なぜなら――

「ここにいたのか、魔女め」

突然しわがれた声が響く。

声がしたほうを見ると、そこには憤怒の表情を浮かべる、だいぶ年老いた姿のエリックがいたのだ。

「おやま。ずいぶんと男前が上がったじゃないか」

私がからかうと、エリックは杖に縋りながら怒鳴り返した。

「はっ、いい気味だとでも思ってるんだろう？　だがなぜお前がそんなに若返っている？　まさかあの薬は――」

「そうさね。私が作った薬の作用だよ」

「この魔女が!!　早く元に戻せ!!　衛兵!!」

話の流れから老人の正体を悟ったらしく、バレルエージたちの間に緊張が走る。そして衛兵が向かってくる中、魔導師も駆けてきた。

「元王様!!　どうかその薬の製法を聞き出すまでは命は繋いでおいてください!!」

（いや言うのはそこかい）

「ウォーターアローッ!!」

なんとも論点の合わない魔導師に心の中でツッコミながら、水魔法を展開する。衛兵たちはたちまち水の矢に当たり、皆次々と転倒した。

「あれにはちょっとした呪いがつけてあるからね」

(コツを覚えればそんなに難しいことじゃないんだけどね)

「「は？」」

なぜか微妙な空気が流れるが、バレルエージが動く。

「あなたが誘拐犯ですか」

突然目の前に現れた若者にエリックは訝しげな顔をする。

「なんだ、お前は？」

「俺はブルマン王国の王太子バレルエージです。そして――」

そこで、ぐいとなぜか私の肩を抱き寄せた。

「彼女は俺の婚約者です。彼女に危害を加えたのはあなたですね」

「「――は？」」

うっかりエリックと声が被ってしまい、私は顔をしかめる。

(ちょっと何を言ってんだい？)

ふとゼフィルスのほうを見ると、うわあ、やっちまったよこの人、とでも言いたげに額に手を当てている。その隣にいるコッペリアは素敵です、と手を合わせているが……

「ですから……人のものに手を出すとどうなるか、わかりますよね？」

バレルエージは名残り惜しそうに私から手を放すと、一気に駆け出した。次の瞬間、がきっ、という音がして、床の上を二転三転していくエリック。

「……老人は労《いたわ》れ、って言わなかったかい？」

思わずそう言うと、バレルエージが手のひらを軽く広げたり閉じたりしながら答えた。

「普通の年配者ならそうでしょうけれど、あれはその範疇《はんちゅう》に入りますか？」

「そう言われると弱いね」

何しろエリックは最初からあの姿だった訳ではない。つい先ほどまでエセ老婆をしていた私には少々答えづらい質問だ。

そこまで考えたとき、先ほどのバレルエージの発言を思い出し、殺気を込めた詰問をする。

「ちょいとお待ち。誰と誰が婚約してるって？」

「もちろん、俺とあなた……ですから無詠唱でウォーターボールは止めてくださいって!!」

平然と答えるバレルエージに、私は攻撃魔法を繰り出す。多少は手加減したのだが、すべて避けられるとやはりおもしろくない。

「ちっ、避けられたか」

(まあ、当たるとは思っていなかったけどね)

それにしてもよくそんなことが言えたものだ。

まさか本当に私を婚約者に、などと思っているのだろうか。

（普通はこんな乱暴な女性を婚約者になんてしないと思うんだけどね）

「その顔でそのセリフというのは、なかなか興味深いものがありますが、やっぱり笑顔を見てみたいですね。――ですから無詠唱は!!」

間髪《かんはつ》容れずにウォーターボールを飛ばすが、バレルエージはそれを避けながら叫んだ。

（さっさと見限ってくれればいいのに）

「身体能力だけは一人前さね」

思わず吐き捨てるように言うと、小さな声がした。

「……あなたなんですか？」

（ああ。この子もいたね）

声のしたほうを見ると、唖然とした表情のリトウムが立っていた。

「そうさね。私だよ。信じられないかい？」

「だったら元王様を戻してあげてください!!　あなたはそんなすごい力をお持ちなんですから、元王様を元の姿に戻すこともできるのでしょう!?」

思いがけない懇願がなされ、私はなんとも言えない気分になる。

（……情報の開示、ってのが重要だってのがよくわかるさね）

少しためらったが、やはり言ったほうがこの子のためになるだろう、と話すことにした。

「それは無理さね。なんと言ってもアレはエリックの自業自得なんだからね。ああ、どうしてこうなっているかというと、以前私があげた聖女の力を返してもらったからさ」

「は……？　では、あなたが元王様を助けた聖女様……でも、聖女様はお亡くなりになられた、って」

「まあね。聖女の力を使い果たして醜い老婆になりました、なんて結末は誰も歓迎しないだろうからね。エリックの容体が安定した、とわかった時点で私は捨てられたのさ」

「そんな、そんなことって」

リトウムは想像もしていなかった『真実』に混乱しているようだった。

（さて、どう返したものか）

思案したとき、再びエリックが衛兵たちを連れて現れた。

「その化け物に求婚とは気が触れたのか？　奴らを捕らえろ!!」

エリックの命令に衛兵たちが動こうとする。だが、すでに風の呪縛が彼らをさくっと拘束しており、誰も動けないようだった。

「今頃になって気づいたの？　まあ気づかれないように弱い風で縛ったけどさ。俺の風ってそんなに心地いいんだ？」

「風の精霊殿。ご助力痛み入ります」

「いいって。それよりもそろそろ戻らない？　何かさあ、さっきからすんごいせっつかれてて。そんなに俺って問題児なのかなあ？」

精霊には彼らなりの連絡方法があるらしく、人には聞こえない音声で何か言われたらしい。

「精霊様に瑕疵などございません。きっと私どもの未熟さを慮《おもんぱか》ってのことでしょう」

そつなく答えると、風の精霊様は納得したようだった。

「そっかな」

「そうでございますよ」

んじゃあ帰ろうかな、と風の精霊様が軽く答えたとき、突然、知らない男性の声が聞こえてきた。

「あなたは昔からそうでしたよね」

威厳のある声を耳にした途端、クレイドル王国側の衛兵、そして神官と神官兵は脇へ避け、礼を執った。

(どこかの上級貴族でも来たのかい？　それにしては周囲の緊張感が半端ないね)

現れた三十代半ばと思われる男性は金髪と青い瞳に加え、その顔立ちからクレイドル王国の王族の特徴をすべて受け継いでいるように見える。

その男性の後ろに控えている、エリックの元側近のガレンを見つけ、ああと思った。

「国王陛下のお出ましである。皆控えよ」

だが、クレイドル国王が軽く手を振ってガレンを制した。

「今はそのような格式張ったことは抜きだ。……久しいですね。聖女殿」

柔らかな口調で話しかけられるが、私の記憶にこんな人物などいない。そう言われても困るだけだ。

「初めまして……と思うのですが……？　キャンディと申します」

「そう言えば、実際にはお会いしたことはなかったかもしれません。私とこの愚兄《ぐけい》は年が九つ離れておりますから」

エリックの婚約者となってからは修業と王太子妃教育で一日が終わることがほとんどだったため、王弟が産まれたと聞いた気はするが、会ったことはなかった。

そんなことを考えていると、エリックがクレイドル国王に向かって怒鳴る。

「アベル!!　早くこの魔女を捕らえろ!!」

それに対してクレイドル国王は彼に非常に冷ややかな眼差しを向ける。そして。

「何を言うんですか。あれだけの恩を受けておいて。あのとき、あなたが助かったのは聖女殿のおかげでしょうに。そして今度は王位継承者の乗っ取りですか。――この男を捕らえろ」

「はっ!!」

神官兵がクレイドル国王の命に応じ、エリックを捕縛する。

「何をする!?　離せ!!　ノーク!!　お前もなんとかしろ!!」

すると、クレイドル国王が黒いローブを被った魔導師に問いかけた。

「お前の主は誰だ？」

「もちろん、国王陛下にございます」

丁重な態度で答える魔導師に、エリックは混乱したようだった。そして、違う者に助けを乞う。

「これは何かの間違いだ!!　リトウム!!　お前は違うだろう!!」

エリックの呼びかけにリトウムがそっと答えた。

「……元王様」

「お前の主はこの俺だよな!!　さあ俺を助けろ!!」

そう言われても動こうとしないリトウムに焦れたようにエリックが叫んだ。

「どうした？　お前の主は俺だろう？」

主うんぬん以前に、無茶な命令だと思った。剣を持ったことなどないように見えるリトウムが、エリックを助けるためとはいえ、屈強な神官兵を相手にするなんて。

クレイドル国王が呆れたようにエリックを見て、リトウムに問いかける。

「わかっただろう。これがあの男の性根だ。リトウム、お前の主は誰だ？」

「……国王陛下にございます」

「リトウム!!」

リトウムは少し耐えるような顔をしていたが、その意思を変える様子はないようだった。

「前国王エリック・クレイドル。聖女殿の件も許しがたいが、第一王子の身体を乗っ取り、王位を簒奪《さんだつ》しようとしたことは国家転覆罪にあたる。よってエリック・クレイドルは王籍より除籍し、グルトガル監獄へ収監するものとする」

クレイドル国王の厳かな声が回廊内に響く。

エリックは抵抗するが、すぐに神官兵に押さえつけられた。

「ふざけるな!!　俺はそんなことはしていない!!　それにそんな判決には貴族議会の承認が要るじゃないか!!」

たしかにこういったことには貴族議会や上級貴族の承認が必要である。

「そうですね。ですからこれは勅命《ちょくめい》ですよ」

「なんだと……」

国王のみの判断で命令できる勅命《ちょくめい》を連発すると、ほかの貴族たちからの反発があるため、実際に発されることはほとんどなかった。それが今出されたのだ。

私は思わず、ごくり、と唾を飲み込む。

「ああ。心配は不要ですよ。こうなることを見込んで貴族議会へは事前に通告済みです。遅いくらいだと言われてしまいましてね。人望がありませんね。兄上」

最後の『兄上』だけ強調するように発音したのはおそらくわざとだろう。

「……アベル、貴様」

エリックはクレイドル国王を睨みつける。

「元王様」

リトウムが力なくつぶやく。それが聞こえたのか、クレイドル国王が苦笑した。

「元王様、ね。あなたには苦労させられましたよ。退位させようにも、施政に大きな愚策がなくてね。国王は必ず第一王子が継ぐものという認識が浸透しているこの国で、どれだけ辛抱させられたことか。美談に美談を重ねて退位させたものの、周囲にすぐ流されるようなあなたに爵位を与えて権力を与えるなどもっての外」

「そんなことはない‼」

クレイドル国王に蔑むような眼差しを向けられ、エリックは反駁《はんばく》するが無視された。クレイドル国王は私のほうを向き、口を開く。

「聖女殿にはご苦労をおかけしてしまったこと申し訳なく思います。ですが、これにて矛を収めていただけないでしょうか」

それが何を指しているのか大体わかったので、うなずこうとしたとき、バレルエージが口を挟んできた。

「待ってくれませんか。クレイドル国王」

バレルエージは何やらご機嫌斜めに見える。

「何かな？　ブルマン王国の第二王子、いや、もう王太子殿と呼ぶのかな？　挨拶が遅くなって申し訳ない。ようこそおいでくださいました。クレイドル国王として歓待します」

クレイドル国王はにこやかに対応する。

「……ブルマン王国が王太子バレルエージ・ブルマン。お言葉もったいなく存じます。そろそろ本題に入ってもよろしいでしょうか？」

慇懃に答えたバレルエージだが、どことなくトゲがあるように聞こえた。

(何かあったかね)

「そちらの話を伺っていると、どうもあなたは聖女殿――キャンディ殿の動向を知っていたように聞こえるのですが、それで間違いないでしょうか？」

少々マズい可能性に気づいてしまったようで目が笑っていない。私が受けてきた苦難の日々を知っていて放置していたのか、と言っているように見えた。

だが、あのころの彼はそれほど権力のある立場ではなかったのだから、それは無理というものである。

私はバレルエージの穏やかとはとても言えない様子を見て、彼が一国の王に掴みかかりでもして外交問題になる前にと慌てて口を開いた。

「風の精霊様、もうここはよろしいでしょう？　移動されては？」

かなり強引とわかりつつお願いすると、幸いなことに気まぐれな風の精霊様が同意してくれた。

「そっか。そうだね」

風の精霊様がうなずき、つむじ風が吹く。

「待ってくださ――」

「それでは御前失礼いたします。国王陛下には健やかにあらんことをお祈り申し上げます」

口上を述べる合間にも風は吹き、魔力の渦が流れていく。

転移に入る間際、非常に不服そうな青い瞳と目が合う。

まさかここでクレイドル国王に喧嘩を売るつもりじゃないだろうと、バレルエージに目で忠告すると、その通りだったのか、反駁《はんばく》するような眼差しが返ってきた。

さらに強く睨むと、今度は笑みを含んだものが返ってきた。

（はい？）

なぜか知らないが、どこかむず痒いような気分になる。ふと名で呼んでもいいだろうか、という気まぐれが生じた。

(……バレルエージ。まあ悪くない)

その気まぐれがどこから来るのかはまだ知りたくないので、そのまま魔力の渦に身を任せた。


――ブルマン王国転移陣の間に帰還するなり、バレルエージが不満そうに口を開いた。

「甘いですよ。あの対応は」

「だったらどうするってんだい？　もう用は済んだだろう？」

(まさか本当にクレイドル国王に喧嘩を売る気だったのかい)

「全然済んでませんよ。あの男、絶対これまでのキャンディ殿のことを知っていて、見て見ぬふりをしてきたんでしょう⁉　やっぱりあの男も一発殴っておけば――」

「だからおよし‼　外交問題待ったなしだろう‼」

帰還するなり始まった話に、周囲にいた者たちは目を白黒させている。

「僭越《せんえつ》ながらご説明申し上げます」

わざわざ説明している余裕はないと思っていると、ゼフィルスが説明役を買って出た。

クレイドル王国の前国王が私の薬を悪用しようと誘拐したが、返り討ちにあったこと。そして意趣返しで聖女の力を回収した私は、その作用で若返ってしまったこと。

時折風の精霊様の助言も入れて説明が終わると、神官長は、ううむ、と言ったきりしばらく言葉が出ないようだった。

ちなみに神官長はバレルエージたちの不在を誤魔化すために、ここに残っていたという。

バレルエージたちは後学のためということで、神殿で講義を受けているということになっていた。クレイドル王国へは『お忍び』であることを主張して、公的文書に残らないように手を回してくれたらしい。

「別にいいでしょう？　俺が直々に手を下してあげるんですから、きっと向こうとしても本望でしょう」

「何が本望だい!!　次期王位継承者が何やらかすつもりなんだい!?」

どこか目が据わっているバレルエージだが、その目に光がないのはなぜだろうか。

「心外ですね。婚約者を守るのは当り前でしょう」

「だから誰が婚約者なんだい!?　とにかくこれはもう終わったことでいいだろう!!」

「終わってませんよ。俺の婚約者はあなただけです」

無理やり話を打ち切ろうとしたが、バレルエージも粘る。私の手を取ろうとしてきたが、その先を読んで一歩下がったため、それは未遂に終わった。

「手強いですね」

「そこで後れを取るほど耄碌《もうろく》しちゃいないよ」

はん、と腰に手を当てて言い切ったとき、水の精霊様にべったり抱きつかれていた神官長が仲裁してくる。

「お二方とも、そのくらいでお願いいたします」

「ああ、悪いね神官長」

謝罪した隙に、バレルエージが私の肩へ手を伸ばしてくる。

「こうして婚約者は取り戻せたんだが……肘打ちは止めてください」

「自業自得さね」

そんな言い合いをしていると、なぜか皆甘酸っぱいものを飲み込んだような顔をした。

「皆様の無事の帰還お祝い申し上げます。さて、やはり国王陛下に奏上しなければなりません。これから謁見《えっけん》を申し込みますが、よろしいですな？」

神官長に対して否、と言う者は誰もいなかった。

バレルエージたちの『お忍び』での出来事であるため、謁見《えっけん》の間は使われず、王宮の中では小さめの部屋で国王への奏上が行われた。

聖女がひとりだけでも大仰なのに、ふたり目の聖女まで現れたのだ。もちろん、マルドーク公爵令嬢の中身が入れ替わっていたこともそうだが。

（きっと慶事だとでも思っているんだろうね）

「国王陛下にはご機嫌麗しく。キャンディと申します。このたびはバレルエージ様に大変お世話になり、誠にありがたき所存にございます」

以前習った礼儀作法を駆使して丁寧な口調と所作で挨拶すると、国王が鷹揚にうなずいた。

「それは難儀であったな。我が国の王太子が役に立ったのであれば重畳《ちょうじょう》。……それで、聖女殿はどこぞの国に所属はしておらぬのか？」

この場にはオナシス侯爵とルキシナール公爵、そしてマンゼラ公爵が同席していた。相手が聖女ということで国王自ら交渉してくる。

(まあ、それだけ聖女が希少だということなんだろうけどね)

「はい。どこの国の所属でもありません」

「となればぜひとも我が国へ、とお願いしたいところだが、その辺りはどうだ？」

国王がそこまで言ったところで、バレルエージが割って入った。

「陛下。発言の許可を」

「うむ、許可しよう」

「私は長らく婚約者がおりませんでした。ですが、キャンディ殿に出会い、ぜひともこのブルマン王国の王太子妃となってもらいたいと強く思い、婚約を申し込みました」

(今言うことかい？)

余計なことを言うんじゃないよ、と思っていると、国王が聞き返した。

「で、返答は？」

「残念ながらまだいい返答は得られておりません。不徳の致すところで誠に申し訳ありません」

殊勝な言葉だが、そのうちには絶対色よい返答をもらう、という不屈の意思が込められているように聞こえ、私は思わず国王へ断りを入れる。

「恐れながら発言の許可をお願いいたします」

「うむ、申してみよ」

「今のこの姿は一時的な可能性もございます。王太子様の婚約者という立場は、私には荷が勝ちすぎます」

王太子妃となれば世継ぎを望まれるのは自然な流れであり、途中で老婆の姿に戻るやもと言われれば、なお王太子妃に望む者などいないだろう。

(よし、これでなんとか)

そう思ったとき、思わぬところからこちらの思惑が覆される。

「あー、それね。大丈夫だと思うよ。このまま行けば、その姿で固定されるんじゃないの」

(……は?)

風の精霊様が思いがけない発言をしたのだ。

「ほお。それは重畳《ちょうじょう》。だが、聖女殿には何か思うところがありそうだな」

私はこの場にふさわしい言葉を探しながら、使えそうな策を講じる。

「バレルエージ様の申し出はもったいなきお言葉でございます。ですが、この流れでいきますと私がオナシス侯爵令息やマルドーク公爵令嬢のために犠牲になった、というふうに解釈される由もございます。それでもよろしいのでしょうか」

以前、ゼフィルスの婚約は王太子であるバレルエージの婚約が調ってからとする、と命令を出したのを逆手にとっての発言だ。

それを聞いて国王が考え込む。

「聖女殿は矜持が高いのだな」

「申し訳ございません」

（なんとか時間稼ぎをしなくては）

このままではバレルエージとの婚約が調ってしまう。たしかに自分は聖女であるが、一度他国の王太子と婚約をした身である。すぐにうなずくことはできない。それに、他国を探せばまだバレルエージにふさわしい婚約者がいるはずだ。

そのとき、オナシス侯爵が口を挟んでくる。

「僭越《せんえつ》ながら、発言の許可を願います」

「申してみよ」

「聖女殿からしますと、王太子殿下は年下になるため、少しばかり心もとなく映るのでしょう。ですからここはひとつ、王太子殿下が聖女様より優れた面がおありになる、というところを見せてはいかがでしょうか？」

私は思わず『優れたところって結構あるのでは』と言いかけて口を噤む。ちらりと周りを見ると、皆何やら考え込んでいる様子で、私の反応に気づいた者はいないようだった。

（危ない。というか皆にはそう見えているんだね）

「そんなら鬼ごっこでもして決めれば？」

風の精霊様がさらりと言ってのけた。

（子どもでもあるまいし）

そう思ったのは私だけではないようで、戸惑ったような空気が流れる。しかし。

「……いや、意外といいかもしれませんな」

しばらくしてからオナシス侯爵がうなずく。

「宰相、どういう意味だ？」

「これまで聞いた限りでは聖女様は知識、魔術、いかなる分野においても優秀かと察せられます。年下の王太子殿下では完全に聖女様を納得させることは難しいかと。ですが、これならば可能性があるかと思われます」

あるかでは困るんだが、とでも言いたげなバレルエージの視線をオナシス侯爵は浴びつつ、話を続ける。

「もちろん、いくらかのハンデをつけさせてもらいます。才能溢れる聖女様でしたら、それくらいのことは朝飯前でございますよね？」

明らかに挑発ととれる言葉にどう反論してやろうかと思っていると、バレルエージが意気込んだように言う。

「ハンデなどいらない。俺は何がなんでもキャンディ殿を捕まえるから」

(え、ちょっと……)

国王がそれもよし、とうなずき、口を開く。

「では、ルールを決めるとしよう。期限は日の入りまで。範囲は王宮を除く敷地のみ、ということでどうだろうな」

「よろしいかと。それでは王宮内の者たちへの周知も必要ですので、少しばかりお時間をいただいてもよろしいでしょうか？」

「よきに計らえ」

オナシス侯爵の言葉を聞いて、国王はそう答えた。そして、オナシス侯爵は畳み込むように私に尋ねてくる。

「もちろん、聖女様が勝たれた折には、この件はなかったことといたします。よろしいでしょうか？」

何も言わない間に、私の意思を無視した鬼ごっこが開催されようとしている。負ける気など少しもしないが、勝負事に絶対などというものはない。

(いや、……大丈夫。勝てばいいだけじゃないか)

「よろしいですわ……」

私はしぶしぶうなずく。

——そして。

あとになってどうしてあのとき、是などと答えてしまったのか、と悔やむことになるとは知らなかった。

第十章　それぞれの想い

三日後、私は王宮の庭園に王太子妃を決める『鬼ごっこ』のために来ていた。

始まりは朝の七時から日が沈む十九時までのおよそ半日で、間には昼食の時間を入れる。この時間内にバレルエージに捕まれば即、私は王太子妃に決定し、逃げ切ればこの件は白紙となる。

ハンデとして、バレルエージには風の精霊様がつけられることになった。

これは逆に有利すぎないか、と告げたところ、こちらにも水の精霊様がつくことになる。

「よろしくね」

神官長の伴侶である彼女は青みがかった銀髪と同色の瞳をしているが、それ以外は人間と何ひとつ変わらないように見えた。どう考えてもバレルエージのほうが優勢な気がしてしまう。

「よろしくお願いいたします。水の精霊様」

私はイヤな考えを追い出すように頭を左右に軽く振ると、傍らにいたコッペリアに声をかける。

「よこしな」

「はい、キャンディ様」

コッペリアが恭しく差し出したのは一本のホウキだ。

（これでどこまで動けるか）

今、私は少しでも動きやすいようにと乗馬服を選択し、銀髪も頭から零れないようにしっかりと結わえてきた。

頭の中で模擬戦闘を展開していると、じっとコッペリアがこちらを見ていることに気づいた。

「なんだい？　そんなに見て」

「いえ、キャンディ様が素敵すぎて」

(何を言ってるんだか)

ゼフィルスのことを意識し始めたせいなのか、彼女は最近はよく感情が表に出ているように見えた。初めて出会ったころの人形のような無機質な印象は薄れている。

「あんたのほうが千倍はいいと思うがね」

特に他意はなかったのだが、近くにいたゼフィルスがコッペリアの腕をぐいと引き寄せた。

「手は出さないでくださいよ」

「は、何言ってんだか。それより早く放してあげないと茹でダコができるよ」

「……は、え？」

「なんでもありません!!」

コッペリアが慌てたように顔を伏せるが、真っ赤になっているのは丸わかりだった。

「……どうしてこれを可愛げがない、なんて思ったんだろうねぇ。あの坊ちゃんは」

「その話題は今必要ですか？」

ゼフィルスの殺気のこもった視線に、私はやれやれと肩をすくめる。

「はいよ。じゃあ、少しは集中するさね」

ホウキの具合を確かめていると、動きやすいようになのか学園の制服姿のバレルエージが歩み寄ってきた。

「そのホウキは――」

「私も移動手段がほしいからね」

そう答えたあと、わざとホウキがよく見えるようにしてから続ける。

「ちなみに、現在使用可能なホウキはこの一本だけだよ。残りはホウキ同好会が家に持ち帰っているからねぇ」

「……なぜそんなことに」

どうせあなたが何かしたのだろうという視線を向けられるが、私は平然と答えた。

「何、これをうまく乗り切れたら同好会から部に昇格してもいいよ、って言ったからね」

「あなたにそんな権限は……って、お前かゼフィルス」

「さあ、なんのことでしょう」

ゼフィルスは惚けるが、生徒会長がこの件を知らないのはおかしい。

「どういうことだ？　俺がキャンディ殿と結ばれたほうがお前も都合がいいんじゃないのか？」

「ええ。ですが、やはりご本人の意思もある程度尊重されたほうがよいと思いまして」

しれっと言ってのける側近に、バレルエージの顔が強張《こわば》った。

「やせ我慢だな」

「なんとでも」

（なんだか不毛な争いに見えるのは気のせいかい）

私がそんな感想を抱いていると、従僕がこちらへやってきた。

「王太子殿下、聖女様、お時間にございます。オナシス侯爵令息、マルドーク公爵令嬢はこちらへ」

案内に従って移動すると、庭園の中央には飾り立てられた机や椅子が並んでいた。

「それではこれより、王太子妃を決める儀を始める」

儀礼服をまとった国王の傍らにはオナシス侯爵が控えていて、その後ろに花籠を持った聖女見習いがふたり立っている。

「それでは、規則はご存じですな。王太子殿下は聖女様を捕まえれば勝利、聖女様は逃げきることができれば勝利。判定はそれぞれの精霊様にお願いしておりますが補助として審判員もつきます。それでは」

少々ややこしく聞こえるが、精霊様たちの基準は人とは違う。

おもしろがって勝負を伸ばされても困るので、さりげなく軌道修正をさせるための補助要員だろう。

オナシス侯爵が軽く風魔法を使うと、花籠から花がいくつも上空へ舞い、『鬼ごっこ』の始まりを告げた。

私は合図を認めるなり、ホウキを操り上空へ逃れ、敷地内にある林のほうへ向かう。後方からバレルエージの叫び声と、少し呆れたような風の精霊様の会話が聞こえてきた。

(遠いね。ちょいと探知魔法を使うかね)

バレルエージたちの動向を探るために、ホウキを操りながら探知魔法を展開する。

聞こえてきた内容をまとめると、どうやらこの『鬼ごっこ』中、風の精霊様が使う術の魔力はバレルエージが供給することになっているらしい。

(またややこしいことを)

おそらく公正を期すためだろうが、調整を間違えると、魔力が枯渇してしまう大惨事を招きかねない。

(無理しないといいんだけどね)

バレルエージたちは準備が整ったらしく、こちらへ飛翔してくるのが見えた。時折、魔力を渡しているらしく、少し時間を置いて速度がだんだん上がっていくのが憎たらしい。

(だけど甘いね)

追いつかれたが右左、時には振り切るように上下に飛び、小刻みな動きで翻弄してやる。

「どこでそんな技を覚えたんですか!?」

「この三日間、あったじゃないかい?」

「まさかそれだけで!!」

そう答えてやると驚かれる。けれど、そこまでのことだろうか。

「同好会って言っても馬鹿にできないだろ?　代表として会長が来てるからあとで挨拶させてあげ

るよ!!」

「それは楽しみですね!!」

そう叫び返したバレルエージだが、魔力の消費が激しいようで一旦地上へ戻っていった。

「はいはい、一度戻ってねー。じゃないと俺が怒られるんだけど」

風の精霊様の注意するような声が聞こえるが、私はそのまま先を急いだ。

(長く休んでいてくれているといいが)

着いた先は大きな湖と勘違いするほど広い池で、私はその中央でホウキを止めた。

「あら？　その策は使わないんじゃなかったの？」

補助としてついてきた水の精霊様が不思議そうに問う。

「そのつもりだったのですが。少しばかりの時間稼ぎにはなるかと」

そう答えたとき、馬の嘶《いなな》きが聞こえてきた。

「あら、思ったより早いわね」

「……読まれてたかい」

池の中央で浮遊しながら待機する私たちの視界に入ってきたのは、やはりバレルエージだった。

「見つけましたよ」

「おやま。早かったね。てっきり魔力切れでバテてるかと思ったんだけどね」

余裕ありげに見せているが、思ったより早く追いつかれ少しばかり焦りはある。

「それくらいなんとかなりますよ」

「はいはい。それでどうするさね？」

バレルエージのいるところから私がいる場所までは距離がある。また飛行術を使うのかと思ったが、風の精霊が待ったをかけた。

「おっと。連続はダメだって。人の身体にアレは結構負担になるんだよ」

「そういうことは早く言ってほしかったですね。それで、どれくらい間を置けば使えるようになるんですか？」

バレルエージは思いがけない言葉に多少面食らったようで、焦りをはらんだ声で風の精霊様に尋ねる。

「ええと、あと半刻、ってとこかな」

(これはうかうかしてられないね)

「ところでキャンディ殿、まさかずっとそのまま、という訳ではないのでしょう？」

バレルエージが大きな声で問う。

たしかにこのまま日が暮れるまで待機、という案も有効そうだ。だが、それだと追随している審判員たちは納得しないだろう。池の縁にいる審判員を見ると、やはりダメなようで首を横に振られてしまった。

「仕方ないさね。ウォーターシャワーッ!!」

攻撃魔法を展開すると、池の水が大嵐のときのような大粒の雨となって、バレルエージたちのほうへ向かった。

「ソイルウォールッ‼」

連続で魔法を繰り出し、土壁を展開した。そしてホウキを操りその場から離れると同時、結界も展開する。

(とりあえずはこれで目くらましさね)

土壁が消えたあと、バレルエージたち以外誰もいない池があるのみだろう。

(さてと。作戦の練り直しだね)

辺りを警戒しながら低空飛行を続けていると、水の精霊様が話しかけてきた。

「ねぇ、どこまで行くの?」

「ひとまず身を休めるところを探します」

いくらホウキが魔力を補助してくれているとは言っても、休憩なしという訳にはいかない。

「それもそうね。あ、それならあそこは?」

水の精霊様が指し示したのは、寂れた離宮だった。

庭木は長い間手入れされた様子がなく、枝も葉も伸び放題となっている。辛うじて門扉の辺りは人の手が入ったのだろう、小路らしいものが見えた。

「敷地内ならいいのでしょう? 建物には入らなければいいじゃない。あそこなんかどう?」

離宮の奥には東屋《あずまや》が見える。だいぶ古そうだが、造りはしっかりしているようで椅子も設《しつら》えてあった。

「そうですね。行ってみましょう」

そうして、石を切り出したと思われる椅子に腰かけ、その硬さと冷たさに顔をしかめたときだった。

「そこに誰かいるのか？」

聞き覚えのある声に思わず顔が強張《こわば》るが、そっと振り返ってみる。

離宮の端の窓からひとりの青年――こちらからするととても見知った顔だが、向こうはわからないだろう――が顔を出していた。

以前より少しやつれたようだが、それでもまだ王族と言われても通じる風貌をしている。

「この辺りの者ではないな。どうしてここにいる？」

元王太子であり、厄介事の種として隔離されたはずの相手にどう応対するか一瞬考え、すぐに答えた。

「こちらはあなた様の離宮でしたか。私は現在国王陛下の許しを得てこの辺りを散策しておりました。このたびは大変申し訳ございません。それではこれにて失礼いたします」

カーテシーを決めさっさと去ろうとするが、そううまくはいかないようで、元王太子は話しかけてきた。

「待て。父上の許しと言ったな？　それになぜその……水の精霊様がついているんだ？」

警備が薄いこんな場所で、見知らぬ相手に自分の身分が知れる言葉を平然と話す元王太子に、不快感を覚える。

（まったく。どこまで浅はかなんだか）

「もしや王族の方にございますか。これは失礼いたしました。こちらへは初めて参ったゆえ、迷い込んでしまったようです。それでは——」

「待て」

失礼いたします、と告げる前に向こうが遮ってきた。

「そうだ。俺は王族、元王太子だ。今は弟が王太子だが、まだ挽回はできる。だから俺のことはアレンと呼ぶがいい」

思わず水の精霊様のほうを窺《うかが》うと、とても楽しそうな顔をしていた。

（やれやれ。趣味が悪いさね）

「ここに出入りできるということは、お前は新しく入ってきた侍女か？　なら、ちょうどいい。今、父上宛に手紙を書いたんだ。届けてくれないか」

おそらくその手紙には反省の欠片《かけら》もなく、ただただここから出して王太子に復帰させてくれるように、と要望が書かれているのだろう。

断りたいのはやまやまだが、この様子だと彼はここを訪れる誰にも彼にも同じことをするだろうと思い、私はすぐに了承した。いずれ訪れるであろう名も知らないその誰かが気の毒だし、ここで揉めて時間が経過するのがもったいないと。

（まったくどこまでも坊ちゃんだね。この子は）

「かしこまりました」

無詠唱で風魔法を使い、彼の部屋の机上から手紙をこちらへ引き寄せる。

「何……!?」

そこで初めて元王太子は、私がただの侍女でないことに気づいたのだろう。

「それではこの書簡はたしかに国王陛下へお届けいたします」

事務的に告げてホウキにまたがり、空へ移動した。元王太子は何やら喚いているようだが、まるっと無視しておく。

（まったく。甘い判断するからこういうことになるんだよ）

超高速で最初の地点に戻り、私はホウキにまたがったまま、国王の側に控えていた侍従へ手紙を放った。

「最中に失礼いたします。緊急の手紙を預かりましたので、国王陛下にお渡しください」

「ああ、わかった」

返答を聞いてすぐさま私は上空へ舞い戻る。

「それでは戻らせていただきます」

さすがに今度はもう少しまともな判断をしてくれるだろうと期待して。

ホウキの先を北へ変えると、水の精霊様が再び問いかけてきた。

「今度はどこへ行くの？」

「……水の精霊様にはご機嫌麗しく。誠に申し訳ありませんが、このあと何もおもしろいことなどございませんので、どうか私のことは捨て置いてくださいませんか」

「あらら、嫌われちゃったようね。やっぱり、さっきのマズかったのかしら？」

知っていて聞くところが精霊の精霊たる所以《ゆえん》だろう。

「……あの離宮にどなたがいらっしゃるか、御存じでしたね」

「そうよ。だってただ追いかけっこばかりじゃつまらないかなって思って。人生にはちょっとした驚きが必要なんじゃないの？」

そう言ってにっこり笑ったが、元王太子が『星の宮』でやらかしたことを知っている側としてはあまり素直にうなずけない。

「……お心遣い誠にありがとうございます」

まあ同じ女性として気持ちはわからなくもないので、無難な言葉を返しておく。

北には離宮が点在し、特色と言えるものはないと聞いていた。その離宮を避け、木のまばらな平地へ降りる。

「あら、どうしたの？　こんな見通しのいいところに降りちゃって」

水の精霊様が不思議そうに問いかけてきた。

「先ほど結界を張っておきましたので、それは大丈夫かと。それより少しお聞きしたいことがございます」

「何かしら？」

「もしや風の精霊様と同じようにあなた様も相手の位置がわかったりしますか？」

「ええ、もちろん」

よくぞ聞いてくれた、とばかりに得意げになっているような水の精霊様に、思わず愚痴めいたものを告げてしまった。

「できればそう言ったことは早く教えていただきたかったのですが」

「あら、聞かなかったじゃない」

(言われてみればそうなんだけどね)

こちらの落ち度でもあるため、あまり強く反論はできない。

「わかりました。それでは今バレルエージ様はどちらにいるか、おわかりになりますか?」

「ええ。ここからだと西のほうだけど、すごい勢いでこちらへ向かってきているわね」

「──は?」

思わぬ答えに口が、ぽかん、と開きそうになり慌てて押さえる。

「ああ、あなたの結界が作用してない訳じゃないのよ。ただ、うーん、坊やの力を最大に引き出しているから」

(結界なんて意味ない、とでも言いたいだけだね。だが、それならこちらにも考えがあるさね)

「それならウォーターシャワー」

たちまち辺りを水が染め、地面が濡れていく。

「どういうことかしら? まだ着いてないわよ」

「ええ、ですからこれでいいんです」

この辺りの木がまばらなのは、土に粘土質が多く含まれているからだ。そこに大量の水を含ませればどうなるか。

（あとはこれをこうして）

ほかの魔法も展開していると、その様子を見ていた水の精霊様が感心したようにつぶやく。

「なるほどね。ちょっとした足止めにはなりそうね」

そんなことをしているうちにバレルエージの声が聞こえ、やがてその姿も見えてきた。

「見つけましたよ。魔女殿」

私は軽く仕上げをして、そこを離れることにした。

『おやま、早かったね』

「俺としては昼休憩に入る前に決着をつけたかったんですがね」

『さっさと決着をつけるよ』

すぐに気づかれるかと思ったが、普通に会話が聞こえてきた。順調に騙《だま》されてくれているようだ。

安堵していると、水の精霊様がふと思いついたようにこちらを見る。

「ねえ、あれって身代わり人形の魔法なんでしょ？『愛してる』とか言われても、ちゃんと対応できるんでしょうね？」

思わぬ指摘に、自分でも顔が引きつるのがわかった。

（忘れてた……）

探知魔法を展開すると、すでにバレルエージによって身代わり人形は消されたようで、魔力を何ひとつ感じとれなかった。

「急ぎます‼」

「というか、どうしてそこに対応しなかったのよ？　あなた魔力の割にポンコツなの？」

呆れたような水の精霊様の問いには答えず、ホウキを操ることに専念する。

「ねぇ、どうして逃げるの？」

「おかしな質問ですね。鬼ごっこなのですから、逃げて当然では？」

「そうなんだけど。そうじゃなくて」

なんて言えばいいのかな、としばし悩むように間を置いたあと、水の精霊様が疑問を呈する。

「手加減している、って感じがすごくするんだけど。これって気のせい？」

ぎくりと身体が反応しかけるが、なんとか抑えて私は硬い声で答えた。

「気のせいだと思います」

「素直じゃないわね」

水の精霊様はどこか呆れたようだった。

「……水の精霊様には何か勘違いされているご様子」

「はいはい。そういうことにしておきましょう」

水の精霊様がそう答えたとき、午前の部の終了を告げる角笛が鳴った。

（……助かった）

二重の意味で助かった気がするのは気のせいだろうか。

「お昼はどうするの？」

水の精霊様の問いに、さらりと答えを返す。

「ご心配なく。自分で作って持ってきていますので」

「あら、そうなの。それじゃあ、私のは彼に全部あげることにするわ」

水の精霊様のセリフに思わず固まると、水の精霊様は不満げな顔を見せた。

「あら、失礼ね。これでも人妻だったこともあるんだから。ちゃんと食事の支度くらいできるわよ」

自慢げな水の精霊様に、細心の注意を払って聞き出す。

「それはまた。神官長にはあまり教えられない案件ですね。ちなみにどちらの国でしょうか？」

そう尋ねると、水の精霊様はおよそ八十年前に消失した国の名称を答えた。

「左様でございますか。異国の情緒あるお食事はきっと神官長もお喜びになられるでしょう」

無難な言葉を選んで問うと、水の精霊様が機嫌よく返してくれる。

「ええ。あなたもそう思う？　いつも全部食べてくれるのよ」

にこやかな水の精霊様の返答に、私は曖昧《あいまい》な笑みを返した。

百年近くも前の時代の食事を完食する神官長に感心したのと、誰も忠告しないのか、いやさすがに精霊様にそれは難しいだろう、という思いが交錯したからだ。

私は何も聞かなかったことにした。

昼食休憩は一刻の猶予が与えられており、会話をしながら食事をしても十分に余る時間である。

そのため、王宮の食堂へ向かう者や簡易天幕の下で食事をする者などさまざまで、私は午後のことも考え、少し離れた所で昼食を摂る。

弁当の包みを持ち、さて、と辺りを軽く見渡しているとき。

「私の天幕へおいでなさいな」

聞き覚えのない声がして、そちらを見ると、射干玉《ぬばたま》の髪に青い瞳をした二十代後半と思われる美女が柔らかな笑みを浮かべていた。その衣装と側仕えの女官や侍女の所作から、かなり位の高い貴夫人と思われ、私はカーテシーをして答える。

「恐れ多くももったいなきお言葉でございますれば、それだけにて十分にございます」

なんとか穏便に断りを入れようとすると、美女があらまあ、と笑みを浮かべた。

「これは嫌われてしまったものね。私はエイラよ」

その名前をどこかで聞いたような気がして記憶を遡る。そして、その名に思い当たったと同時、悪戯《いたずら》っぽい笑みを浮かべたエイラ様が続けた。

「愚息が迷惑をかけてごめんなさいね。あら、そんなに硬くならないで。昼食を用意したのだけど、多すぎて食べきれないの。よければ手伝ってくださらないかしら？」

あのバレルエージの母親であれば、さらに面倒なことになるかもしれない。そう思って断ろうとしたとき、今度はとても聞き覚えのある声がした。

「美女がふたりも揃ってなんのご相談ですか？」

「あら、ありがとう。でも視線がひとりにしか向いてないわよ」

「こういう仕様ですので。昼食ですか。よければ俺も」

バレルエージの言葉を聞いて思わず顔が引きつりそうになるが、エイラ様があっさりと退けた。

「ダメよ。せっかく女同士でお話しできる機会なんだから。今回あなたは遠慮してね」

即座にバレルエージの誘いを断ったエイラ様は、私の腕を引いてにっこりと笑う。

「ね？」

返答に悩んでいるうちにバレルエージが了承し、話が決まってしまった。

「仕方がないですね。今回だけですよ」

「ええ。またね」

「それでは失礼いたします、母上」

そこでバレルエージがエイラ様の手を取って軽く口づけたのはまだいい。

流れるようにバレルエージの手がこちらへ伸びてきた。

(まったく油断も隙もありゃしないね)

「おっと」

私がバレルエージの手を素早く避けると、彼はわざとらしく目を見開いた。

「やっぱりそう来ましたか」

「甘いね」

「では、それもまたの機会に」

きれいな礼をして去っていくバレルエージをなんとはなしに見送っていると、エイラ様が申し訳なさそうに謝罪してきた。

「見た目はいいのに言葉が足りなくてごめんなさいね」

「いえ、そのようなことは」

「いいのよ。あの子がもう少しうまくやっていれば、あなたがすぐにでもお嫁さんになってくれたのに。さあ、こっちよ」

エイラ様はとんでもないことを言いながら、私を天幕の中へ招き入れる。どうして侍女を使わなかったのか疑問に思っていたが、その訳は入り口が閉められ人払いが済んでからわかった。

「聖女様。お会いできてうれしく思います」

エイラ様の丁重な態度に、私も改まって聞く。

「……どこかでお会いしたでしょうか？」

「はい。ゴウラ村の流行《はや》り病のことを覚えておいでですか？」

(そう言えばそんなこともあったね)

私はうなずいたが、その関心を逸らすのも忘れない。

「たしかにその村で薬を分けた覚えはありますが、そこまでの感謝をいただくようなことではないと思いますが」

「聖女様はそうでも、救われた者はそうは思いませんわ。それにあのとき、聖女様がいらっしゃらなかったら、今私はここにいません」

まるで英雄を見るような眼差しで言われてしまい、私は困惑するしかない。

(ずいぶんと久しぶりだね。そんな言葉をもらうのは)

「あのあと、私は国を転々としました。ですが、聖女様の存在を忘れたことはありません」

聖女様を見習って薬学も学んだと聞かされ、こそばゆい気持ちになっていると、さらに礼を言われてしまった。

「おかげでこうして側室としてこのブルマン王国へ迎えていただき、息子も授かることができました。聖女様、改めてお礼を言わせてください」

ありがとうございます、と言われ、余計返答に困ってしまう。

「ああ、聖女様をお招きしたのに、このままだなんて失礼でしたわね。ミーファ」

エイラ様が名前を呼ぶと、その呼び声に反応して侍女が入室してきた。

「失礼いたします」

「昼食の支度は済んでいるかしら？」

「はい。いつでもご案内できます」

案内されたのは豪華で、どこか異国情緒が溢れる調度品が設《しつら》えられた部屋だった。野外とは思えないほど、上等な料理の数々を味わいながら私はエイラ様の話を聞く。

「それでね、あの子は昔からいろいろ知恵を巡らせるのが好きな子だったの」

やはりというか、話は聖女の昔話と愛息のことになった。

だが、ここで話を遮るほど礼儀を知らない訳でも、子どもでもない。大人しく耳を傾けていると、エイラ様が笑みを浮かべる。

「こうしてまた聖女様とご一緒することができるとは思いませんでしたわ」

エイラ様が茶器を戻しながら再び口を開く。

「昔からあの子には聖女様のお話を幾度もしておりましたの。そのせいか、どうも聖女様に執着心が湧いてしまったようですわね」

邪気のない笑みというものには、なんとも対応し難い。

エイラ様の笑みもその種のものであり、なんと言えば不敬にならないかと思案に暮れたとき、昼休憩終了の角笛が鳴った。

♥ ◇ ♥

——時は少し遡る。

昼休憩となり、私コッペリア・マルドークはゼフィルス様の天幕で、一緒に昼食をとっていた。

だが、なぜかあまり味わうことができず、妙に落ち着かない気分に襲われる。

ふと、脳裏にキャンディ様との会話がよみがえった。

『そりゃあ、あれだね。恋の病ってやつさね』

『……こい？』

言葉の意味が頭の中で繋がらずそのまま返した私に、キャンディ様がどこか憐れむような視線を向けた。

（私は何かおかしなこと……ああ‼）

ようやく『恋』という単語が浮かび、顔に熱が集まったような気がする。

『鈍いね。まあ、これまでがこれまでだったからね』

その言葉にさまざまな事柄を思い出して眉根を寄せてしまうが、すべてはもう終わったことだ。

『まあ、でもよかったじゃないか。両想いのようだしね。今は興味あるんだろう？』

最初にキャンディ様に会った際、『ゼフィルス様に興味はない』と言ったことを遠回しに告げられ、私はうなずいた。

キャンディ様が私の身体の中にいたときの記憶はきちんと残っている。

私の異変に気づいて、すぐに確かめに来てくれたゼフィルス様。

私と婚約を結ぼうと、キャンディ様の課題に取り組んでくれたゼフィルス様。

そして、私が元の身体に戻る方法を聞いてかなり悩んだ末、約束を果たしてくれたゼフィルス様。

ここまでされて好きにならないほうがおかしい。そう力説すると、キャンディ様がため息をついた。

『なんだかちょっと苦い薬湯でも飲みたくなったね。それはさておき、例の件わかってるんだろうね？』

念を押すように告げられたのは、私の中にキャンディ様が移した『儀式』の欠片《かけら》のことだった。

（キャンディ様の行動には驚いたわ）

あまりのことに疑問と驚愕が頭の中を回っていたが、あとで説明を受けてなんとか納得した。

一体どんな奇跡的な確率なのか、私が元の身体へ戻るとき、キャンディ様を追っていたクレイドル王国の魔導師の術が同時にかかったらしい。

『まあ、細かいとこは省くけどね。私の術は解けかかっていたんだけど、ふたつの術がほとんど同時にかけられたお陰で、混ざり合ってしまったのさね』

キャンディ様はその術を解き誰にも影響が出ないようにした……つもりだった。

『けどね。私の中にあんたの聖女としての力が残っちまったんだよ。それを返すのと、もうひとつ』

そこで言葉を切るとキャンディ様は再び口を開く。

『ここで話が終わればよかったんだけどね。薬を飲んで眠りについた者と、目覚めさせようとする者のふたりが口付けを交わす、ということがこの術の完了の印として組み込まれているのさね』

聞いたときは目の前が真っ白になった。

『すまないね。まさかこんな事態になるなんて思ってなかったからね』

日頃の気の強さはどこにいったのか、落ち込んだように見えるキャンディ様に対して文句など言えるはずもなかった。

思わず大丈夫です、と答えてしまったが、キャンディ様は気を遣ってくれたようだった。

ちなみにあの口付けをなぜゼフィルス様の前でしたのかというと、私があとでそうするときに信憑性を持たせるためとのこと。

『あんたも前振りもなしに自分から、ってのは勇気がいるだろう。まあ、お膳立てって奴さね』

それは非常にありがたいが、あれ以来ゼフィルス様がキャンディ様にどこか剣呑《けんのん》な目を向けることがある。そのたびに私はハラハラし通しだった。

(それも今日で終わりだわ。きちんと説明すれば……え、よく考えればこれはゼフィルス様との初めての……やっぱり無理!!)

平静を装いながら食器を片付けていると、ゼフィルス様が口を開く。

「今回の件、キャンディ殿はどうされるんでしょうね」

「……どう、とは」

紺色の瞳があまりにもきれいで、思わずナイフを落としそうになる。私は努めて冷静に聞こえるよう答えたが、うまくできているか自信がない。

ゼフィルス様はそんな私の様子には気づいてないようで話を続けた。

「この勝負、キャンディ殿は勝つつもりなんでしょうが、もしそうなったとしてもここにいてくださるんだろうか、と」

「それは……」

キャンディ様のこれまでの境遇を考えてみれば、この国に残るという選択はしないと思う。もしキャンディ様がこの国を去ればやはり悲しい。

だが、それはキャンディ様が決めることだった。

(そうなっても後悔はしたくない)

私は覚悟を決め、大きく息を吸ってから話し出す。

「あのとき、キャンディ様が私に口づけをされたこと覚えていらっしゃいますか?」

少し驚いているような間があったあと、ゼフィルス様が答える。

「ああ。とても忘れられない件だしね」

「それで、そのときキャンディ様から聞かされたのですが……あの『儀式』はまだ完遂されていないそうです」

「――――は？」

呆気に取られたような様子のゼフィルス様を前に必死に話を続ける。やはりこれだけお膳立てをされても言いづらいものは言いづらい。

「あのとき術を完遂できる状況ではなかったらしく、キャンディ様の中に私の聖女の力が残っていたので、返してくださったそうです」

（肝心なのはここからです）

ゼフィルス様は真剣な表情で私の話に耳を傾けてくれる。

「ですから、その『儀式』を完遂させるには、キャンディ様が私にしたように、私がゼフィルス様にその……」

きちんと話そうとしたのに言葉が途切れてしまう。ひとまず喉を潤そうと果実汁の入った杯を手に取り、口をつける。

そんな私を見ていたゼフィルス様が視線を逸らした。

（どうしよう。呆れられてしまったんだわ）

これ以上みっともない姿を見られたくなくて少し話題を変える。

「こんなときに話すことではなかったかもしれませんが、お話ししておかないとキャンディ様が誤解されてしまうかと思いまして」

こういった方面には疎いほうだと自覚している。けれど、キャンディ様が口付けたのを見たゼフィルス様の表情は平静さを装いながらも、とても怒っているように見えた。

(これで怒りが少しは収まってくださるかしら)

「そうですか。あのときのキャンディ殿の行動の理由がわかりました。教えてくれてありがとう。それでその『儀式』はあなたからしないといけないですか。それとも俺のほうから？」

私を少しからかうようにゼフィルス様が尋ねる。

「私からです」

あのときキャンディ様に『いいかい？　これは必ずあんたから先にするんだよ。そのほうが逃げ……いや、なんでもないさね』と念押しされた。

(なんと言おうとされたのかしら？『逃げ……？』どうしてゼフィルス様から逃げる必要が？)

「では、いつにしますか？　今日？　明日？　明後日？」

(少しどころじゃないわ!!　完全にからかわれているわ!!)

だけどそんな顔も素敵かもしれない、と心の隅でそう思ってしまう自分はおかしいと思う。

「意地が悪くありませんか!!　……ですが、キャンディ様がこういったことは早いほうがいいと言ってました!!」

「わかりました。今ですね。──クリーン」

ゼフィルス様は生活魔法の『クリーン』を唱え、手っ取り早く身体をきれいにする。

（今使われたということは……少しは意識してもらえているのかしら……？）

そこまで考えたとき、その先のことに思い至り、顔に熱が集まるのがわかる。

「わかりました。――クリーン」

魔法を展開させると、汗ばんでいた身体が乾き、すっきりとした気分になった。

「そのクリーンは必要ない気がしますが」

「必要です!!」

（どうしましょう。絶対顔が真っ赤になっているはずだわ）

私が思い悩んでいると、人払いをしたゼフィルス様が席を立とうとするが、すぐに思い直したように座り直す。

どうしたのだろうと疑問に思っていると、ゼフィルス様がとんでもないことを告げた。

「あなたから来てくださるのでしょう？」

（……は？　ええ⁉）

たしかに私からとは言ったが、そこまでは考えてはいなかった。どうしようかと迷っていると、ゼフィルス様は気を遣うように続けた。

「まあ、そうですね。いきなりも無理でしょうし。またの機会に……」

「大丈夫です!!」

本当は全然大丈夫ではない。やっぱり取り消そうかと思ったとき、ゼフィルス様が軽くうなずいた。

「わかりました。俺は目を閉じていますね」

(目を閉じているということは、私が何をしているかわからないということ。……きっとできるはずだわ)

「……お願いします」

もうそう答えるしかなかった。

席を立つと、ゼフィルス様が目を閉じる。余計ゼフィルス様の整った顔立ちが際立つ。

(やっぱり緊張する)

生活魔法の『クリーン』を使ったのだから、近くへ行っても失礼なことにはならないはずだ。それに、これは『儀式』なのであって他意はない。

そう自分に言い聞かせてゼフィルス様に近づき、屈む。

(まつ毛もきれい……私は何を!!)

一旦身体を起こし、深呼吸を試みる。

「行きます」

再び屈み、そっと顔を近づけた。

「「……」」

次の瞬間、私は思い切りあとずさり、とっさに明後日の方向を向く。

(できた。できた……のよね?)

心の声が非常に賑やかだが、そんなことを考えている余裕はなかった。顔どころか体中真っ赤になっているに違いない自分をなんとか落ち着かせようとする。

「コッペリア」

「はい!!」

慌てて顔を上げると、ゼフィルス様が隣に立っていた。何かもどかしいような表情をしている。

(もしかして成功しなかったのかしら?)

「どうでしたか?」

「どう、とは?」

なぜかもったいぶったような態度をとるゼフィルス様に、私は焦りながら聞いた。

「ですからキャンディ様の『儀式』は完遂されましたか?」

ゼフィルス様は少し焦らすように答え、私を観察するようにじっと見ている。

「そうですね。それよりも……」

「ええ!?」

グッと引き寄せられ、目を開けた次の瞬間、私はゼフィルス様の腕の中にいた。

「ゼフィルス様!!」

「俺たちは婚約しているのだから、もう少しそれらしいやり方があると思うけどね」

そう言うとゼフィルス様の顔が近づいてくる。

(近い近い近いです!! ……ぁ)

それは反射的なものだったと思う。

（あああああ!!）

そのあと、私たちは午後の部に遅刻してしまった。

理由のひとつは、私がゼフィルス様の頬にかすかに爪痕を残してしまったからで、もうひとつは、私が何度治癒魔法を勧めてもゼフィルス様は首を縦に振ってくれなかったからだった。

第十一章　華麗なる幕引き

午後の部を始める角笛を聞いて私――キャンディは慌てて席を立った。ここに私がいるということは相手側に知られているのだ。

「お話の途中ではございますが、昼休憩が終わったようですので、失礼させていただきます」

「あら、もうそんな時間なのね」

なんとか暇《いとま》を告げて天幕を出ると、黒髪と青い瞳の美丈夫《びじょうふ》がほど近い場所にいた。

「おや。まだいたんですか」

バレルエージは即座に距離をつめようと飛行術を駆使して迫ってくる。

「ああ。あんた相手ならこれくらいのんびりしても大丈夫だからね。ソイルウォールッ!!」

皮肉げに言葉を返すと同時、相手の視界を土壁で塞ぐ。だが、バレルエージも風魔法で対抗してくる。

「そう来ましたか。――ウィンドエッジッ!!」

(おっと！　そう簡単にはいかないよ)

咄嗟にホウキを操り上空に上がり、高速で移動する。

バレルエージも飛行術を駆使して追っては来るのだが、まだ慣れないのか動きにわずかに隙が見える。そこを突かない私ではない。

その後も優位に事を運び、魔力切れで何度目かのポーションを飲んでいるバレルエージに上空から声をかける。

「そろそろ諦めたらどうだい？」

「諦める？　誰がですか？」

そう答えるバレルエージは太陽の位置を気にしているように見えた。

「あと少しで陽が暮れるさね。もう――」

そのとき、ふいに頭がぐらついた。

（なん……）

「ちょっと‼」

傍らにいた水の精霊様の慌てたような声を聞きながら私は意識を失った。


薄暗い室内で身を起こすと、長い黒髪が視界を掠め、私は目を見開いた。

（……まさか）

自分の姿を見ようと、薄暗い室内を見渡す。部屋の隅に布がかけられた姿見があるのがわかり、即座にその布を勢いよく取る。

映ったのは、濡れ羽色の黒髪に琥珀色の瞳、そしてどこか可愛らしい印象を与える容貌。

「……やってくれたね。こりゃ、コッペリアのライバルの身体じゃないか」

その口調を、王立学園の同級生が聞いたならさぞ驚いたことだろう。

マリア・ダグラス元男爵令嬢の姿がそこにあったのだ。

誰もいない部屋に声が響くが、気にしてなどいられなかった。あの『薬』は唯一無二のもので、それを複製できる者がいるなど信じられない。

「……あんな性根のこの娘が絶望に身をやつしてこの薬を飲むなんざ、とても信じられないね」

もともとあの薬は体力的にも精神的にも追いつめられた女性を癒すためのもので、加えて一度私と会って話をしていないと発動しない。マリア嬢の記憶を探ってみるか、と考えがまとまりかけたとき、扉が開く。

「そうですね。ですから少し細工をさせていただきました」

私の身体を横抱きにしたバレルエージが現れた。その腕の中も非常に気になるが、一体何をどうしたらこんなことになるのか聞きたかったので、そちらを優先する。

「どういうことなんだい？」

今の自分の声に対する違和感はあるが、そんなことにかまっている場合ではない。

バレルエージは私の身体をそっと寝台へ横たえると、こちらを振り返った。その目はどこか淀んで見える。

「そうですね。まずは、ある身の程知らずな男爵令嬢のことを話しましょうか」

そうして語られたのは、途中までは私の予想していたことだった。

マリア・ダグラス元男爵令嬢は、修道院に送られてからも少しも反省の色を見せず、愚痴ばかり言ってろくにお勤めをしていなかったらしい。

（まあ、そんなことだろうと思ったよ）

「そこでその修道院へ彼女を迎えに行きました。王宮に職を斡旋《あっせん》すると言って」

どうして修道院へ行くはめになったのかを振り返ると、王宮で働けるなんてどう考えてもありえない。思わず私の眉が上がる。

そんな考えが表情に出ていたのか、バレルエージが皮肉げに告げた。

「そんなことありえないんですがね。一度は希望を持たせないといけないですからね」

ダグラス元男爵令嬢はすんなりと了承し、離宮での何不自由のない生活が始まった。

「多少は楽しい気分になってもらわないと困るので、社交辞令くらいは言いましたが、どこをどうとったら自分が次の王太子妃になる、とか思えるんでしょうね」

その呆れた様子からダグラス元男爵令嬢の相手は骨が折れたらしいとわかる。だが、自業自得のような気がして黙っていると、バレルエージの青い瞳があやしい光を宿した。まるでおもしろがっているようだ。

「だからここへ呼んだ本当の理由――用があるのはその健康な体だけだということ――を告げたら、最初は信じられないという顔をしていましたね。仕方がないので丁寧に教えてあげたら、今度は子どものように泣きわめくし」

信じていた相手に裏切られたのだから、それはそうだろう。

「ひとまず条件は揃いました。絶望に身をやつしていること。そして自ら薬を飲む、というところも達成できたので、こうなっている訳ですが……何か質問でもありますか？」

「ありますか、じゃないよ。どういう思考をしたら、こんなややこしいことになるんさね？」

一体なんの嫌がらせかと思って見ると、バレルエージは呆れたというようにため息をつく。

「あなたのせいですよ」

「なんのことだい？」

何か含むものがあるような言い方だが、まったく心当たりはない。

「グレン・マーフィ。アーサー・マクグレイ。ネイサン・トルネード。……まだわかりませんか？」

突然の人名に一瞬思考が停止しかけるが、なんとか記憶を引っ張り出した。

「私が薬を渡した女性たちの伴侶だね」

「調べました。とことんね」

「それはまた」

それがどうしたというのだろうか。彼らとは『儀式』以降、顔を合わせていない。何か不具合でも生じたのだろうか。

そんなことを思っているとバレルエージが、はあ、とため息をついた。

「まだわからないんですか。これはあなたが口づけを交わした相手でしょう。それも二十七人も」

「……は？」

「二十七人ですよ!!　二十七人!!　あなたは何を考えているんですか!!」

バレルエージが畳みかけるようにそう言うが、まったく意味がわからない。

「ほかの男とそういったことをしているだけでも我慢ならないのに、二十七人も!!　あなたはどこまで好き者なんですか!!」

「……何を言ってるんだかよくわからないんだがね」

かなり取り乱しているバレルエージの言葉を頭の中で繰り返し、ようやくこれではないか、という結論に辿り着く。

「……もしかしてだけど、妬いているのかい？　老婆にあんなことをするなんて普通は嫌がらせか罰としか思えないんだがね」

ちょっとありえない結論が出たので、声に力が入らない。

「当たり前でしょう!!　いくら俺が我慢強くても限度というものがあります!!」

「……いや、ちょいと落ち着きな」

突っ込みどころが多すぎてどうしたらいいのか判断がつかない。

「大体『儀式』の一環として、あの男性たちとしていたに過ぎないし、その後の記憶は消されるんさね」

「それでもあなたの記憶はしっかり残っているのでしょう。あなたにとってはなんでもないことなんでしょうけれど、俺には大事《おおごと》なんです」

「……」

その顔が拗ねている子どものように見え、何も言えず黙ってしまう。

はっきりと返答しなかったのを、バレルエージは悪いほうに取ったらしく暴走し始めた。

「どうせ俺はあなたから見れば子どもですし、結婚相手どころか恋愛対象ですらないかもしれません。でも、だからってこれはないでしょう!!」

「いやいや、ちょいとお待ちよ」

なんとか落ち着かせようとしたのだが、まったく聞こえてないようだった。

「待てません!!　こうなったら俺も同じことをするまでです!!」

「……はい？」

どこか決意を宿したバレルエージの視線が眠っている『私』の身体へ向かう。

「ちょっ、あんたまさか」

「あなたもそんなところにいたくないでしょうから、戻して差し上げますよ」

目が据わっているバレルエージはそう言って、私が固まった隙に、寝台に横たわる私の身体の横にひざまずく。

「まずは一回」

非常に不穏なセリフが聞こえ、え？　と思った瞬間、意識を失った。

「「……」」

意識を取り戻したとき、私は寝台に寝ていた。そして、私を食い入るように見るバレルエージの姿が視界に入る。

「あんた何考えてるんだい!!　こんなことにあの薬を使うなんて!!　こんなお遊びに使うものじゃないんだよ!!」

「遊び、ですか。ふうん。あなたにはそう見えるんですね」

バレルエージがゆったりと笑みを返すが、その目は笑っていなかった。言葉を間違えたと焦っていると、部屋の隅で小さな声がする。

「……ここ、は」

ダグラス元男爵令嬢の意識が戻ったらしい。すると、すぐにバレルエージが扉の外へ声をかけた。

「カイン、そこの黒髪の女を連れ出しておけ」

入室の許可を得て入ってきた侍従は、すぐにダグラス元男爵令嬢を廊下へ連れ出そうとする。

「え、何？　どういうこと？」

状況を把握していない様子の彼女にバレルエージが甘い笑みを浮かべた。

「とりあえずあなたにはもう少しだけ付き合ってもらいますよ。まだ『実験』は終わった訳ではありませんから」

「……え？」

「連れていけ」

「はっ」

「いやあああ!!　待って!!　助けてぇ!!」

そこまで聞いてようやく事態を把握した彼女が騒ぐ。

しかし、それは黙殺され、叫び声が小さくなる。やがて聞こえなくなったところで、バレルエージが柔らかな声音《こわね》で私に話しかけてくる。

「これで落ち着いて話ができますね」

「私としてはあんまり話したくないんだがね」

身を起こそうとすると、バレルエージが心配そうに問いかけてきた。

「身体の具合は大丈夫ですか？」

「白々しいね。誰のせいだい？」

「それに関しては申し訳ありませんとしか言えませんが、どこか身体の不調とかありませんか？」

言われて、手を握ったり開いたりといろいろ動かしてみたが、特になさそうだった。

「まあ、こんなものさね。今のところ特にこれといったものはないみたいだね」

その答えを聞いたバレルエージがほっと息をついたようだった。

「よかった。今回は長い眠りではありませんでしたし、そこがよかったのかな」

まったくとんでもないことをしてくれたものだ、と言いかけた私の機先を制するように、バレルエージが続けた。

「それなら次回も大体こんな感じで進めますね」

「はい？」

とんでもない言葉が聞こえ、空耳かと疑ってしまう。驚きのあまり硬直した私の前でバレルエージが話し続ける。

「あと二十六回も残っていますからね。できるだけ急いでやらないと、今年中に式を挙げられるかどうかわからないですから」

「……は？」

「ああ、もちろんあの元男爵令嬢でしたらご心配いりません。何を言えば心に負荷が掛かるのかはすでに研究済みですから」

踵を返しかけたバレルエージの腕を思わず掴んでしまった。

「なんですか。今忙しいんですけど」

「本気で言ってるのかい？」

「当たり前じゃないですか」

その瞳に迷いがないのがかえって恐ろしく感じる。

「そんなことしてどうなるのかわかってるのかい？」

「はい。薬も二十六回分用意してありますし。準備は万端です」

いや、そこじゃないと言いかけた私にバレルエージの顔が迫る。

「それにさっきのでは全然足りませんよ」

その気迫に押されて思わずあとずさる。だが少し遅かったようで、腕を掴まれてしまった。

「何を」

「ですから――」

そのまま唇が触れるかというとき、その詠唱は聞こえた。

「――トゥインクル・カーテン」

一瞬にして、私の周囲に光の結界が張られる。

「うわ」

その途端バレルエージの身体が跳ね飛ばされた。

「キャンディ様‼」

一度結界を解除してから抱きついてくるコッペリアに、私は宥《なだ》めるようにその背に腕を回す。

「よくここがわかったね」

「キャンディ様が倒れたと聞いて、風の精霊様に捜してもらったんです」

「おやま。よく向こうが言うことを聞いてくれたね」

「今度、とっておきのお菓子を持っていくことで了承してくれました」

精霊様というのは気まぐれだとよく聞くが、どうやら本当にそうらしい。バレルエージのほうを見ると、ゼフィルスに羽交い締めにされている。

「おい、放せゼフィルス」

「先ほどから聞いていればなんですか。あの『儀式』を二十六回も繰り返すなんて。意味がわかりません」

咎めるように言うゼフィルスに、バレルエージが言い返す。

「ならゼフィルス。お前はマルドーク公爵令嬢がほかの男と接吻するのを許せるのか？」

「それは――」

ゼフィルスが動揺を見せ、一瞬バレルエージが主導権を握るかと思われたがそうはさせない。

「話の論点をすり替えるんじゃないよ。それにあれは『儀式』の一環だって言ってるだろう」

（人のことをなんだと思ってるんだい）

きっぱりと告げると、コッペリアも心外だというようにゼフィルスのほうを見た。

「私がそんなことをすると思うんですか？」

「いや、そういう意味ではなく」

「じゃあ、どういう意味ですか」

話が堂々巡り、というよりもふたりの惚気《のろけ》を見せつけられている気分になり、私は思わずじとりとバレルエージを睨む。

「まったく。何考えてるのさね。私が戯言であんなことをしていたと思うのさね。いいかい、普通の男なら見も知らぬ老婆にあんなことはしたくないだろう。いくら中身は好いた相手だと言ってもね。だから試したんだよ。どれほどの覚悟があるのか、ってね」

「ということはもう少しほかの方法もあったんですか!?」

動揺したようにゼフィルスが問いかけ、バレルエージは呆れたように私を見た。

「やっぱり好き者じゃないですか」

「お待ち。どうしてそうなるんだい」

どうあってもそっちのほうへ話を持っていくのか、と呆れていると、どこか憤慨したようにバレルエージが話す。

「だってそうじゃないですか。ほかに方法があるのなら、わざわざあなたが入れ替わる必要はなかったんじゃないですか」

「え、どういうことですか？」

「キャンディ様？」

ゼフィルスとコッペリアも驚いたように私に視線を向けた。

「たしかに薬の効能と条件付けを変えればできないことはないが、私が適役だったからね」

あまり気にしてほしくなかったため、さりげなく答える。

単に疲れ果てた女性たちを休ませるだけだったのなら、誰でもよかったのかもしれない。

だが、彼女たちの境遇を考えると、ただ疲れを癒すのではなく、その環境も変えなければ意味がないと思ったのだ。

だから私が入れ替わったのだ。彼女たちの人間関係をより良いものへ変え、居場所を整え、新しい恋人をあてがう。最後のは余計に聞こえるかもしれないが、人にとって恋とは侮れないものである。だから間違えるわけにはいかなかった。

それにこんな老婆に口付ける、と聞けば大概しり込みするだろう。

（まあ、いい試金石になっただろうね）

バレルエージが呆れたようにつぶやく。

「まったく。甘すぎでしょうあなたは」

「いや、相手が誰であってもあの『儀式』は無理だろう」

ゼフィルスがぽつりと言う。その実感がこもった言葉に、私は沈黙を返すことしかできなかった。

人の良しあしを判断するのに外見は重要である。いくら愛する人を目覚めさせるためとはいえ、しわくちゃの老婆に進んで口付けようなどという者はいないだろう。

目覚めさせたい相手のことをよほど想っていないかぎりは。

(若い子には酷だったかねぇ)

そんなことを思い返していると、バレルエージが私のほうを向いた。

(ぐっ、本当にきれいだね)

真剣な眼差しを受け、私は茶化しかけた口を閉じた。

「俺の気持ちが本気だとわかってもらえましたか？」

どこか覚悟を決めたようにバレルエージが聞いてきた。

本気でなければこんなことはしないだろう。

(とんでもないね)

ここまでされてもどこか心の奥底では、バレルエージの気持ちはただ熱に浮かされたようなものではないかと思う自分がいた。

やはり一度目の婚約者のことが尾を引いているのだろう。あれほど努力したのに、結局は捨てられた自分にどんな価値があるというのだろうか。

「まあ、一応はね。とりあえずその二十六回分の薬とやらはどこにあるんだい？」

私は曖昧《あいまい》な返答をすることしかできなかった。

「それはあなたと正式に結婚するまでお預けです」

思いがけない単語にぴくりと頬が引きつりそうになる。

「婚約の間違いじゃないのかい？」

「間違いではありませんよ。きちんと結婚するまで薬は保管しておきます」

「徹底してるね」

半ば呆れたように言うと、バレルエージはまだ信用してませんよとでも言いたげに、懐から小瓶を取り出した。

「これはあと二十六回が済んでから、と思っていたのですが……どうやら今使えるようですね」

（また何をやらかすつもりだい？）

今度はなんだ、とその場にいた皆がバレルエージに注目する。

「そこまで用心しないでください。これは害はありません。ただ飲むと本音でしか話せなくなりますけど」

「「は？」」

「私に飲ませるつもりかい？」

まだそんな手があったのか、と用心深く距離をとる。

「違いますよ。俺が飲むんです」

「――は？」

「どういうことですか、バレルエージ様」

「え？」

私の反応を予想していたのか、動揺を見せずにバレルエージがうなずく。

「もともとキャンディ殿が信用していないのは、俺が本音をなかなか見せないというところがあるんでしょう。以前あなたは結婚相手に求めるものとして、相手が誠実であることを挙げましたよね」

それは両想いなのに、ぐずぐずしている老ノームを焚きつけるためにしたことである。まさかここでその話が蒸し返されるとは思わなかった。

「ああ、たしかに言ったけどね」

「たしか最初は伴侶と子どもを養えるほど稼げることでしたね。これは王太子なので心配はないということで。次に誠実な人柄でしたね。約束をいつも違えるようでは結婚生活に支障が出ますから。なので、この薬の出番です」

そう言ってバレルエージが小瓶を掲げた。

「効き目は半永久的だそうですので、俺がこれを飲めばあなたの憂いはなくなります」

「いやちょいとお待ちよ。王族、それも王太子のあんたがそれを飲んじまったら公務に支障が出るんじゃないのかい？」

慌てて止めようとするとバレルエージが、くすり、と笑った。

「ありがとうございます。ですがその心配は無用です。これはあなただけにしか作用しないようまじないがかけられているそうですから」

バレルエージが小瓶の蓋に手をかける。

「お待ち。別にそこまでしなくても」

「だめです。これは俺なりのけじめですから」

その様子からその薬が偽薬ではないとわかり、気づいたときにはバレルエージの腕を掴み叫んでいた。

「ああ、もう!! わかったよ!! 結婚でも婚約でもしてやるからその薬から手をお離し!!」

「……キャンディ様？」

聞いていたコッペリアが唖然とした声を出すが、バレルエージはそのまま固まった。

珍しい表情になぜか見惚れそうになり、私はわざとそっけなく薬の瓶へ手を伸ばす。

「聞いてたかい？ ほら、さっさとその薬をお渡し」

「――本当に？」

伸ばした手を、がし、と掴まれるが無理に平静を装うことにした。

(近い近い近い!!)

「ああ。まったくもう。あんたがエリックみたいな奴だったらこんなこと言わなかったのに。本当に同じ王太子なのにどうしてこうも違うんだろうね」

「……人の腕の中でほかの男の名前ですか」

「きついだろうが!! 手加減って言葉を知らないのかい!?」

さっさと離してほしいが、なぜか離れようとしない（理由は考えたくない。絶対に）バレルエージ相手に、熱でも出そうだった。

「逃げないと約束してくれるなら」

（顔がいい。……自分は何を考えて）

「どこまでも疑り深い男だね!!　逃げないって言ってるだろう!!」

焦って怒鳴るが、バレルエージは気を悪くするどころか、その頬に赤みがさす。その腕が外れることはなく、余計力がこもったように思える。

「……どうしたんだい？」

「今、男って言いましたね？」

「ああ、それがどうしたんだい？」

「……ようやくひとりの男として見てくれた」

まるで苦心惨憺《くしんさんたん》して山の頂上を制覇したかのような言い方に、私はげんなりした。

「感動するのがそこかい？」

「だって仕方がないでしょう!!　あなたは俺のことを子ども扱いしてばかり!!　俺がどれだけ!!」

そこまで言ってバレルエージがはっとしたようにゼフィルスたちを見た。そして再び私のほうへ向き直る。

「とにかくこれで結婚に同意してくれた、ということでいいんですね？」

「ああ、そうさね」

少し押される形で応じると、バレルエージが廊下へ向かって命じた。

「了承を得られた。すぐに準備してくれ」

すると、扉の向こうから複数の声が聞こえてくる。

「「かしこまりました」」

「一体何が始まるんだい？」

「何って俺とあなたの結婚式ですよ」

まだ行事でもあったたか、と思って聞くと、バレルエージが満面の笑みでとんでもないことを言ってくれた。

「「は？」」

ゼフィルスたちと声が揃う。

「どこかの国のことわざにありましたでしょう。善は急げ、と」

そういう訳でこれから式を挙げますよ、とにこにこと言われたが懐柔されるつもりはない。

「お待ちよ。王族、それも王太子の結婚がそう易々とは」

「そうなんですよね。ですから他国から賓客を招いての盛大なものは後日催しましょう」

今回は簡素なもので、結婚の誓いを立てて署名をするだけだと言われ、顔が強張《こわば》る。

「どこまでがあんたの策略なんだい？　王族、それも王太子の婚姻が国王陛下の裁可なしにできるはずがないだろう」

絶対零度の視線でバレルエージを見るが、まったく気にしていないようだった。

「そうですね。知らせたのは三日前ですかね。ごく少数の人たちなんですが」

「は？　三日前？」

簡素なもの、とは言っても一国の王太子の婚姻であり、裏方はさぞ大変なことになっているだろう、と遠い目になる。

するとバレルエージが自分の制服を見下ろした。

「はい、そうです。なので、今回俺の衣装は簡単に制服にしたんですが、その分彼らが張り切っているようですね」

張り切っているというよりは、わずかな期間で王太子にふさわしい衣装を作るために血眼《ちまなこ》になっている、の間違いではないのか。

「まあ俺もこんなに早くあなたの了承がもらえるとは思っていなかったので、想定外のところもあるんですが」

「何言ってるんだい。あんたはこの賭け、絶対に勝つつもりでいたんだろう」

しれっと告げられ、反射的に文句を言うが、あまり打撃を与えられなかったようだった。

「おや、わかりますか」

「まったく。そんな薬まで持ち出して。エイラ様がなんて言うか」

「母上は喜んで協力してくださいましたが」

「……やっぱりそうかい」

いくらバレルエージが王太子の伝手を使ったとは言っても、この薬を模倣するのはかなりの魔力と薬学の知識がなければ不可能である。

薬学の知識のあるエイラ様の協力は必須なはずだった。それにしても、この薬をここまで再現できる才能には最早脱帽するしかない。

私がそう言うと、バレルエージがうれしそうな顔になった。

「よかった。母上はあなたのことをとても尊敬しているようでしたから。伝えれば喜ぶでしょう」

複雑なものを感じていると、ゼフィルスが私の気持ちを代弁してくれる。

「というか、そこは諫めてほしかったですね」

「諫める？　どうして？　母上はキャンディ殿を尊敬しているんだ。そのキャンディ殿が息子の嫁になるかもしれないと聞いて協力しないはずがないと思うが？」

さらに脱力するようなことをバレルエージが言う。だが、その内容は聞き逃せない。

「ちょいとお待ち。ってことはエイラ様は最初からすべてご存じだったたってことかい？」

昼食時のことを思い返す。あのとき、エイラ様はなんと言っていたか。

「……執着心ってあれはどっちのことだったんだい」

「何か言いましたか？」

バレルエージが聞き返してくるが、その問いを黙殺していると、扉を軽く叩く音がした。

「入れ」

「お支度ができました。ご案内いたします」

侍従と侍女が入室し、きれいに一礼した。

「ご苦労。では案内を頼む」

バレルエージの言葉に侍従がうなずき、早速ゼフィルスに声をかけた。

「それではまずオナシス侯爵令息はこちらへ」

「マルドーク公爵令嬢はこちらになります」

戸惑いの表情が消えないうちにゼフィルスたちは退出させられ、室内には私とバレルエージと侍従、侍女がひとりずつ残った。

「それでは俺たちも行きましょうか」

「まったく。あんたって子は」

さすがは王太子である。その仕草は様になっていて、少しだけ見惚れたのは絶対に言わないでおこうと固く誓う。差し伸べられた手を取ろうとすると、なぜかその手はすぐに引っ込められた。

「どうしたんだい？」

「そこは『子』じゃないと思いますけど」

どこか不満げな様子は、自分の望みが叶わなくてむくれている子どもを彷彿とさせ、先ほどとの落差に思わず苦笑が漏れる。

「はいよ。あんたって男は、ね」

そこでバレルエージが固まっているのに気がついた。

「……今度はなんだい？」

バレルエージが信じられないものを目にした、とでも言いたげに口を開いた。

「今、笑いませんでしたか？」

「あんまりあんたが情けないこと言うからね」

「いえ、そうではなくて!!　……あのときとは違う。ちゃんと本人の笑みだ」

終わりのほうはとても小さな声で、はっきり聞こえなかった。一体何にそんなに驚いているのかわからない。

「もういいだろう。行くよ」

「待ってください。エリサ、魔女殿を」

「かしこまりました」

エリサと呼ばれた侍女に案内されて退出する。バレルエージが何をぶつぶつ言っているのかわからなかったが、あとになってその場にいた古参の侍従に聞いたところによると、どうやら私が笑った顔が珍しかったというか、感動（？）していたらしい。

意味がわからないというか、この情報は聞かなくてもよかったかもしれない。

(考えたら負けな気がするさね)


式は夜更けに行われた。神殿には国王ルアク、宰相オナシス侯爵、バレルエージの後見人であるルキシナール公爵、マンゼラ公爵が参列した。

十数人程度で行われる簡略化された式だが、祭壇の前に立つ新郎バレルエージの衣装は銀色を主張し、銀糸と所々に濃紺の刺繍が入った恐ろしく手の込んだものに見えた。

そこまでを探知魔法で確認して私はため息をつく。

(たしかに手の込んだ衣装だ。裏方の苦労が忍ばれるさね)

本当に必要な事柄だけを抽出した式は、侍従たちの胃をストレスで破壊しかけただろう。下は床磨きの下女から上は侍従長まで全力で取り組み、なんとかここまで漕ぎつけたようだ。

ちなみにあの坊ちゃん王太子は、今の離宮から国境付近にある月読みの塔へ護送されることが決まったらしい。ずいぶんと早い決断だったが、例の手紙を読んだ陛下と上級貴族たちの思いは皆同じだったらしく、貴族たちから勅命《ちょくめい》を使ってほしい、と嘆願されて決まったとのことだった。

(なんともお粗末な結末だね。コッペリアが空き教室で耳にしたときの自信ありげな坊ちゃん王太子とは大違いさね)

いくつも配置された燭台に火が灯されたところで探知魔法を止める。

そして、そっと隣へ視線を送ったとき、目の前の扉が開いた。

隣にいる神官長に促されて、長い裳裾《もすそ》を踏まないように慎重に足を踏み出す。一応場所は弁えているので、ベール越しとはいえ唇は軽く弧を描くようにしていた。

(とんだ茶番だね)

私の本性を知っているクセに、豪奢でかつ繊細さも感じさせる花嫁衣裳を着せるなんて趣味が悪いとしか思えなかったが、それでも心のどこかが浮き立つ自分がいる。

落ち着かない気分のまま祭壇へ着くと、神官長が新郎へ花嫁を引き渡す。そして、神官長はそのまま祭壇へ着いた。

「それではこれよりブルマン王国王太子殿下バレルエージ様、並びに聖……キャンディ様の結婚式を執り行います」

聖女、と言いかけて止めたのが見え見えの発言だったが、誰も何も言わなかった。

また、私に家名がないのも、いずれは堅実なところへ養女に出して、家名だけ借りることにしたかったのだろうが、この短期間でそれをせよ、というのは無茶の二乗三乗である。

そんなことを考えていると、ベールが上げられた。

(おっと)

式に集中しようと視線を上げると、真摯に私を見つめる青い瞳と合う。

「汝《なんじ》、バレルエージ・ブルマンはキャンディを妻とし、健やかなるときも病めるときも、喜びのときも悲しみのときも、富めるときも貧しいときも、妻を愛し敬い、慰め合い、ともに助け合い、その命ある限り真心を尽くすことを誓いますか？」

「誓います」

そのあと私も同じように誓い、誓約書に署名をする。この誓約書が婚姻の証明書になるため、神殿の奥深くに大切に保管されることになる。

「それでは誓いの接吻を」

「そこは省略してください」

反射的にそう言ったときにはすでにバレルエージの顔がすぐそこに迫っていた。

「往生際が悪すぎませんか？」

「簡略化なんだから、もう少し省いてもいいかと思っただけ――」

そこから先の言葉は言えなかった。

(……緊張するからあまりしたくなかったんだけどね)

緊張というより、動悸が激しくなっている気がする。

そうして式が終わり、新郎新婦は退場となるが、脇へ寄ったバレルエージが参列者席に向かって声をかけた。

「では次にオナシス侯爵令息とマルドーク公爵令嬢の婚約式を執り行う」

オナシス侯爵令息はバレルエージの婚姻の目途が立たない限り、婚約を進められなかったから、この措置はある意味道理に適っている。

だが、ひとつ問題があった。

「マルドーク公爵は――」

参列者たちの疑念をオナシス侯爵が口にすると、すかさずバレルエージが答える。

「心配は要らない。マルドーク公爵には了承を得ている」

「ですが」

バレルエージは足元にある水晶を拾い上げた。

「事前にあちこちに置かれたこの魔道具がマルドーク公爵邸に映像を送っているので、心配は不要だ」

バレルエージの合図で扉が開き、ゼフィルスとコッペリアが入場してきた。

こちらも簡略化ということか、付き添いの姿はなくふたりでの入場である。だが、こちらもまたその衣装はかなり上品なものに仕上げられており、舞台裏の者たちの努力と苦労が窺《うかが》われる出来になっていた。

少し緊張した面持ちのコッペリアがゼフィルスとともに祭壇の前へ来ると、神官長が口を開く。

「それでは、これよりオナシス侯爵令息ゼフィルス・オナシスとマルドーク公爵令嬢コッペリア・マルドークの婚約式を執り行います」

内容は先ほどとほぼ似たようなもので、婚約誓約書にお互いに署名をする。

そして、神官長が例のセリフを言った。

「それでは誓いの接吻を」

ゼフィルスの顔が近づく……が、コッペリアが手の甲を差し出した。

「「……」」

静かな攻防があったようだが、ゼフィルスがその手を取り甲に口づける。

「これによりオナシス侯爵令息ゼフィルス・オナシス。マルドーク公爵令嬢コッペリア・マルドークを互いに婚約したものとみなします」

結婚式と婚約式が終わり、場にほっとした空気が流れたが、次の侍従のセリフに私は固まった。

「それでは王太子夫妻を新しい宮へご案内いたします」

「ああ。頼む」

(……は？)

まだ事態が呑み込めない私の前でバレルエージが平然と答える。

「何を驚いてるんです？　結婚したのですから当たり前でしょう？」

その笑みにようやく事態に気づき、つい恨み言が出てしまう。

「……騙《だま》したね」

（というか、本当に私なんかでいいのかい？）

そんな想いもまだあるのだが、今は言うべきときではないだろう。

「人聞きの悪い。どれだけ待ったと思ってるんですか」

何を思ったのかバレルエージが腕を伸ばし、私の身体を横抱きにした。

「ちょっ」

混乱しているうちに、速やかに廊下へ出てしまった。

「案内を頼む」

侍従に命じるバレルエージの横顔には断固とした決意が込められているようだった。

「話はまだ――」

「それはあとで聞きます。ゆっくりとね」

その笑みにうっかりうなずいてしまった自分を殴りたい。

そう思ったのはずっとあとになってからのことだった。


一ヵ月後。正式な王太子夫妻の結婚式、側近のオナシス侯爵令息の婚約式が内外に向けて執り行われた。それは大層立派なものだったという。

その翌年、王太子夫妻は子を授かり、命名式で『イーウィヤ』と名付けられた姫は、その賢さから賢姫として世に名を残すことになる。